Kadokawa Fantastic Nove
くまなの
Illustrator02
熊熊勇闖異世界
13

▶優奈'S STATUS_

**姓名：優奈**
**年齡：15歲**
**性別：女**

**▶熊熊連衣帽（不可轉讓）**
可以透過連衣帽上的熊熊眼睛看出武器或道具的效果。

**▶白熊手套（不可轉讓）**
防禦手套，防禦力會根據使用者的等級而提升。
可以召喚出名叫熊急的白熊召喚獸。

**▶黑熊手套（不可轉讓）**
攻擊手套，威力會根據使用者的等級而提升。
可以召喚出名叫熊緩的黑熊召喚獸。

**▶黑白熊服裝（不可轉讓）**
外觀是布偶裝。具有雙面翻轉功能。
**正面：黑熊服裝**
物理與魔法防禦力會根據使用者的等級而提升。
具有耐熱與耐寒功能。
**反面：白熊服裝**
穿戴時體力與魔力會自動回復。
回復量與回復速度會根據使用者的等級而提升。
具有耐熱與耐寒功能。

**▶黑熊鞋子（不可轉讓）**
**▶白熊鞋子（不可轉讓）**
速度會根據使用者的等級而提升。
根據使用者的等級，可以長時間步行而不會感到疲勞。具有耐熱與耐寒功能。

**◀熊緩**
**（小熊化）**
**▼熊急**

**▶熊熊內衣（不可轉讓）**
不管使用多久都不會髒。
是不會附著汗水和氣味的優秀裝備。
大小會根據裝備者的成長而變化。

**▶熊熊召喚獸**
使用熊熊手套所召喚的召喚獸。
可以變身成小熊。

## 技能

**▶異世界語言**
可以將異世界的語言聽成日語。
說話時傳達給對方的內容也會轉變成異世界語言。

**▶異世界文字**
可以讀懂異世界的文字。
書寫的內容也會轉變成異世界文字。

**▶熊熊異次元箱**
白熊的嘴巴是無限大的空間。可以放進（吃掉）任何物品。
不過，裡面無法放進（吃掉）還活著的生物。
物品放在裡面的期間，時間會靜止。
放在異次元箱裡面的物品可以隨時取出。

**▶熊熊觀察眼**
透過黑白熊服裝的連衣帽上的熊熊眼睛，可以看見武器或道具的效果。不戴上連衣帽就不會發動效果。

**▶熊熊探測**
藉由熊的野性能力，可以探測到魔物或人類。

**▶熊熊召喚獸**
可以從熊熊手套召喚出熊。
黑熊手套可以召喚出黑熊。
白熊手套可以召喚出白熊。
召喚獸小熊化：可以讓熊熊召喚獸變成小熊。

**▶熊熊地圖ver.2.0**
可以將熊熊眼睛看到的地方製作成地圖 。

**▶熊熊傳送門**
只要設置傳送門，就可以在各扇門之間來回移動。
在設置好的門有三扇以上的情況下，可以透過想像來決定傳送地點。
傳送門必須要戴著熊熊手套才能夠打開。

**▶熊熊電話**
可以和遠方的人通話。
創造出來以後，能維持形體直到施術者消除為止。不會因為物理衝擊而損壞。
只要想著持有熊熊電話的對象就能接通。
來電鈴聲是熊叫。持有者可藉由灌注魔力切換開關，進行通話。

**▶熊熊水上步行**
可以在水面上移動。
召喚獸也可以在水面上移動。

**▶熊熊心電感應**
可以呼叫遠處的召喚獸。

## 魔法

**▶熊熊之光**
藉由聚集在熊熊手套上的魔力，可以產生熊熊形狀的光球。

**▶熊熊身體強化**
將魔力灌注到熊熊裝備，就可以進行身體強化。

**▶熊熊火屬性魔法**
藉由聚集在熊熊手套上的魔力，可以使用火屬性的魔法。
威力會與魔力、想像呈正比。
如果想像出熊的模樣，威力會變得更強。

**▶熊熊水屬性魔法**
藉由聚集在熊熊手套上的魔力，可以使用水屬性的魔法。
威力會與魔力、想像呈正比。
如果想像出熊的模樣，威力會變得更強。

**▶熊熊風屬性魔法**
藉由聚集在熊熊手套上的魔力，可以使用風屬性的魔法。
威力會與魔力、想像呈正比。
如果想像出熊的模樣，威力會變得更強。

**▶熊熊地屬性魔法**
藉由聚集在熊熊手套上的魔力，可以使用地屬性的魔法。
威力會與魔力、想像呈正比。
如果想像出熊的模樣，威力會變得更強。

**▶熊熊電擊魔法**
藉由聚集在熊熊手套上的魔力，可以使用電擊魔法。
威力會與魔力、想像呈正比。
如果想像出熊的模樣，威力會變得更強。

**▶熊熊治療魔法**
可以使用熊熊的善良心地治療傷病。

▶CHARACTERS_Vol.13

## 迪賽特城

**卡麗娜**

領主巴利瑪的女兒，十歲。是個有禮貌且富有責任感的孩子，卻因為自己犯下的某個錯誤而懷抱重大的煩惱。

**巴利瑪・伊休利特**

治理位於沙漠的中立城市——迪賽特，是個為孩子著想的溫柔領主。委託艾爾法尼卡國王提供水魔石，因此促成了優奈的沙漠之旅。

**莉絲提爾**

巴利瑪的妻子，性格落落大方。
肚子裡懷著第三個孩子。

**諾里斯**

卡麗娜的年幼弟弟，個性有點怕生。

**拉瑟**

領主家的女僕。
會做令優奈垂涎三尺的某道料理……？

## 傑德的隊伍

**傑德**

在擊退魔偶等事件中與優奈巧遇的四名冒險者之一，是隊伍中的可靠隊長。在沙漠也和優奈一起行動。

**梅爾**

性格開朗，總是面帶笑容的女魔法師。
曾在校慶和傑德一起與優奈重逢。

**托亞**

輕浮又愛開玩笑的男劍士。
總是被隊友吐槽，是隊伍裡的開心果。

**瑟妮雅**

使用小刀作為武器的冰山美人。
時常開托亞的玩笑。

# 319 熊熊朝迪賽特城出發

我接下國王的委託，動身前往迪賽特城，又在沙漠前的卡路斯鎮與曾經在密利拉幫助過我的羅莎小姐等人久別重逢。

從羅莎小姐口中得知前往迪賽特城的方法之後，我便從卡路斯出發。

離開卡路斯鎮的我決定把這裡當作中繼站，設置熊熊傳送門。

我目前還沒有再來的打算，但熊熊傳送門沒有數量的限制，所以多放幾個也不會吃虧。

我騎著熊緩環顧四周。

這附近還有許多岩石，既然要設置熊熊傳送門，放在岩石山裡面應該很合適。

正所謂藏樹於林，將岩石藏在岩石之中是最隱密的。

我使用土魔法做出一個內有空洞，而且外觀跟周圍岩石很相似的岩石山。接著，我把熊熊傳送門設置在岩石山的空洞中。最後把入口封住，看起來就跟周圍的岩石沒有兩樣了。

設置好熊熊傳送門的我騎著熊緩，往迪賽特城的方向前進。過了一陣子，我看到遠方有一根像是細長棍棒的東西。

那根柱子就是羅莎小姐等人說的路標兼休息站嗎？

從這裡看起來還只是一根細細長長的棒子，可是，既然從這麼遠的地方也能看見，本體說不定相當高大。

我騎著熊緩往柱子前進。原本看起來像棍棒一樣細的柱子漸漸變粗，最後變成足以稱之為柱子的大小。愈接近柱子，岩石的數量愈少，腳下的地面也逐漸轉變成沙子。

熊緩順利地跑著，抵達柱子。

看來從這裡開始就要正式進入沙漠地帶。

柱子就像大樹一樣高，粗細足足有四到五個人牽手圍起來那麼粗。頂端相當高，抬頭看久了會覺得脖子很痛。

我試著觸碰柱子。可能是用土魔法和周圍的沙子做成的吧，摸起來像石頭一樣堅硬。

我有點想挑戰製作同樣的東西，但不想嚇到別人，於是作罷。

我接著望向前方，看到遠處有第二根柱子。嗯，方向很清楚呢。就算我有熊熊地圖的技能，不知道目的地也會迷路，但看來這次不會迷路，可以順利抵達目的地了。我跳上熊緩。

「好了，熊緩，往那根柱子前進吧。」

熊緩叫了一聲回應我，然後起跑。

「熊緩，你的腳還好嗎？會不會很難跑？會不會熱？」

「咿～」

熊緩發出一個好像在說「我沒事」的叫聲，加快速度。

我觀察熊緩的腳，發現牠的腳沒有陷進沙子裡，就像跑在普通的地面上。

真不愧是熊緩。牠跑得很快，體力也很好。不管是水面上還是沙漠中，牠都能應付。而且還渾身毛茸茸的，簡直是最棒的夥伴。

當然了，熊急也一樣。

我望著白熊玩偶手套。

於是，我們順利行經第二根柱子。

這是我第一次來到沙漠，風景出乎意料地漂亮。

我能夠這麼想，大概是因為穿著耐熱的熊熊裝備，而且有熊緩和熊急陪伴的關係。要是沒有熊熊裝備，我可能會覺得沙漠只是一片不毛之地，想要逃離這裡。

沙漠裡就是如此空曠，放眼望去只有沙子。不管往哪個方向看，除了沙子還是沙子。這裡頂多只有沙子堆成的山丘。

沙丘很漂亮，卻也有點恐怖。

上方的太陽很刺眼，散發著強烈的陽光。如果把熊熊布偶裝脫掉，感覺應該熱得不得了吧。熊熊布偶裝真的讓我心懷感激。

「熊緩，如果太熱就告訴我吧。」

「咿～」

熊緩這麼回應，然後加快速度。看來牠是想表達「沒有問題」。

黑熊在遼闊的沙漠中奔馳。

我試著想像這幅畫面，卻覺得非常不搭調。

不管是原本的世界還是奇幻世界，說不定都是第一次有熊在沙漠裡奔跑。要是有相機，我真想拍張紀念照。這裡的風景很好，而且沙漠和熊的組合也很有意思。

熊緩在沙漠裡輕快地奔跑。

過了一段時間，我們抵達第三根柱子，暫時停下來休息。我往前方一看，遠處有第四根柱子。只要跟著柱子走，確實不會迷路。

只不過，正如布里茨所說，在沙漠裡移動真的很單調。走在其他地方還能欣賞附近的森林或遠處的山巒，這裡卻只有沙子。頂多只有沙丘的形狀會有一點變化。除此之外，一路上都是同樣的風景。或許可以完全交給熊緩和熊急，躺下來睡一覺吧？

往下一根柱子出發之前，我讓熊緩和熊急交換。

「熊緩，謝謝你喔。」

我帶著感謝之意撫摸熊緩的頭，然後將牠召回。接著，我召喚出熊急。

沙漠裡有黑熊已經很奇怪了，出現白熊更奇怪了呢。我總覺得黑熊應該出現在山林裡，白熊應該出現在冰天雪地。

「熊急，你可以嗎？」

熊緩和熊急對熱的抵抗力可能不同，所以我這麼問道。

熊急很有精神地叫了一聲，靠過來磨蹭我。看來應該沒問題。

我一瞬間心想熊緩可能比較耐熱，而熊急比較耐冷，不過似乎不是那麼一回事。

也對，熊緩曾經跑過雪山，所以熊緩和熊急可能沒有什麼差別吧。

話說回來，真的有那麼熱嗎？

我稍微試著脫下熊熊兜帽。這個瞬間，一陣熱風往臉部襲來。

「好、好熱。」

我馬上戴上熊熊兜帽。

「這個熱度是怎麼回事？簡直不是人待的地方。熊急，你真的沒問題嗎？」

我擔憂地看著熊急。

可是，熊急沒有露出痛苦或是悶熱的神情。牠的臉就像平常一樣可愛，用疑惑的表情看著我。看來牠真的沒問題。

我不禁敬佩能在這種地方移動的人。

神啊，謝謝祢賜給我熊熊裝備——我打從心底這麼想。

可是，我總覺得這麼想就正中神的下懷了，所以我對熊熊裝備的感謝只保留在一半的程度，只對神賜給我熊緩和熊急的事獻上由衷的感謝之意。

「雖然很熱，但拜託你了，熊急。」

我搔搔熊急的下巴，坐到牠的背上。

熊急在廣大的沙漠中朝下一根柱子起跑。

一路上都很順利，但我漸漸看膩了風景。我從熊熊箱裡拿出冷飲來喝。當然，我也有分一些給熊急。我拿著飲料，它很快就退冰了。

所以，我喝了一口就會馬上收進熊熊箱。我深刻體會到熊熊箱的好。熊熊箱裝得下像熊熊屋這麼大的東西，容量無限，又能保存冰品，真是太方便了。

在沙漠裡跑了一陣子，熊急突然叫了一聲，然後放慢速度。

我還以為是魔物，往前方一看才發現遠處有一群騎著蜥蜴移動的人。我記得那種蜥蜴叫做拉格魯特吧？

要是被看到而引發騷動就麻煩了，所以我想偷偷超過對方。

我利用沙丘的高度，偷偷超過人群。

可能是因為繞了相當大一圈，沙丘前方出現了類似野狼的影子。

那就是羅莎小姐等人說過的沙漠野狼嗎？

我使用探測技能。看來的確是沙漠野狼沒錯。沙漠野狼分散在周圍，總共約有十隻。我看著探測技能時，沙漠野狼慢慢往我們這裡移動過來了。

牠們似乎已經把我們當成獵物。

憑熊急的速度應該逃得掉，但如果對手主動攻擊，我打算把牠們當作送給菲娜的土產。

沙漠野狼的毛皮是紅褐色的。

普通野狼是灰色，雪狼是白色，沙漠野狼是紅褐色。

為了隨時迎戰，我從熊急背上跳下來。

我們毫無防備地站在沙漠中，沙漠野狼便緩緩包圍我和熊急。對手大約十隻，似乎以為這些戰力就足以打倒我和熊急。

一隻沙漠野狼發出一聲嚎叫，狼群便同時朝我們撲來。

我躲開撲來的沙漠野狼，用熊熊鐵拳毆打牠的軀幹。熊急以反擊的方式使出熊熊鐵拳。我們的雙重熊熊鐵拳狠狠擊倒對手。

我接著朝撲來的沙漠野狼頭部射出冰之箭。熊急對沙漠野狼揮舞銳利的爪子。戰鬥才剛開始幾秒，所有的沙漠野狼便倒臥在沙地上。

這就是所謂的弱肉強食。要不是對方主動襲擊，我也不會打倒牠們。這次的事都要怪先動手的沙漠野狼。

不論如何，我有土產可以送給菲娜了。

# 320 熊熊在沙漠裡遇到熟人

打倒沙漠野狼的我繼續往下一根柱子前進。

因為是空無一物的沙地，沒有東西會遮蔽視線，就算稍微離遠一點也不會迷失柱子的方向。

後來就算有看到沙漠野狼，牠們也沒有發動攻擊，所以一路上都很順遂。

隨著時間經過，太陽漸漸西沉，使沙漠染上一片橘紅。這片景色非常美麗。因為我的內心很平靜，所以才會覺得美麗吧。

如果是冒險電影裡的一幕，就算畫面裡的沙漠很美，對劇中角色來說可能也充滿了絕望。

可是，我並不感到絕望，所以能由衷欣賞眼前的風景。

「熊急，風景很美吧。」

「咿～」

我和熊急停下腳步，望著漸漸下沉的太陽。

太陽完全下山之後，周圍暗了下來。

我決定在這裡過一晚。

考量到商人或冒險者選在氣溫下降的夜晚移動的可能性，我將熊熊屋設置在遠離柱子的地點。可是，這裡沒有東西能遮蔽房屋，別人可能會看到從熊熊屋透出的光線，所以我在四周做出土製的圍牆。

除此之外，圍牆還有抵擋魔物和風沙的作用。要是早上起來才發現熊熊屋被沙子掩埋，那就不好玩了。

我走進土牆圍繞的熊熊屋，熊急也跟在我後面。

「等一下！熊急，停下來、停下來。」

聽到我這麼說，熊急疑惑地歪頭。

熊急的腳有許多沙子卡在毛之間，要是就這麼踏進家門，沙子就要掉在屋裡了。

我暫時召回熊急，然後再召喚出來。使用這項密技，就可以讓牠瞬間變乾淨。

然後，我也一起召喚出熊緩。

嗯，被召喚出來的熊緩也是一粒沙子都沒有的乾淨狀態。這樣一來就可以進到房子裡。

順帶一提，我把熊緩和熊急變成了小熊。

「今天謝謝你們。」

我撫摸熊緩和熊急的頭，表達感謝之意。

吃完晚餐後，我帶著熊緩和熊急走向浴室。在沙漠洗熱水澡，真是不搭調的組合。

可是，一天的結束就是要洗澡才行。畢竟我昨天沒有洗澡。

而且，熊緩和熊急雖然表現出不怕熱的樣子，還是很努力載著我奔跑，所以我要替牠們洗

澡，感謝牠們的幫助。

「今天從熊急開始洗好了。」

如果總是從熊緩開始洗，熊急也太可憐了，所以我決定今天先從熊急開始。

熊急快步走到我面前，乖巧地坐下來。我在熊急身上抹肥皂，使勁把毛皮搓洗乾淨。剛才有召回一次，所以牠很乾淨，但這是心意的問題。

熊急在洗澡的時候瞇起眼睛，似乎很舒服。我從頭洗到腳，連圓圓的尾巴也洗乾淨，最後從頭沖熱水就完成了。

「洗好囉。」

熊急叫了一聲，走向浴池。牠用嬌小的身體爬上邊緣，跳進浴池，然後把頭靠在浴池邊緣，露出舒服的表情。

接下來換熊緩來到我面前。牠背對我，擺出隨時都能洗澡的姿勢。

我會好好幫你洗澡的。

我先用熱水把熊緩沖溼，然後搓洗黑漆漆的毛皮。就算是黑色，也不代表牠很髒。熊緩的毛是很漂亮的黑色。熊緩也被我洗乾淨之後，像熊急一樣爬進浴池，坐在熊急旁邊。

熊緩和熊急把臉靠在邊緣，露出舒服的表情。牠們的表情非常放鬆，這也就表示牠們有多麼舒服吧。

我看著熊緩和熊急泡澡的樣子，把自己的身體洗乾淨，然後踏入浴池。

嗯～真舒服。我伸展背脊，放鬆身體。

感覺一點也不像是待在沙漠裡呢。

外面是只有沙子的世界。沙漠裡沒有植物，只有魔物。一般情況下，在這種地方悠閒地泡澡根本是不可能的事。

我深深浸泡在浴池裡，消除一天的疲勞。

洗完澡的我吹乾頭髮，也沒有召回熊緩和熊急，而是用吹風機吹乾牠們的毛皮，然後幫牠們梳毛。這樣一來，今天的工作就結束了。

我回到房間，鑽進被窩。

然後，我一如往常地拜託熊緩和熊急在發生什麼事的時候叫醒我。

躺上床的我幾乎忘了這裡是沙漠，舒適地進入夢鄉。

隔天早上，我像平常一樣被熊緩和熊急叫醒，在日出的同時出發。

熊熊屋沒有被沙子掩埋，我順利走到屋外。

我在這個世界看過好幾次日出，在沙漠看見的日出卻有種特別的美感。

我今天也輪流騎乘熊緩和熊急，在沙漠裡前進。

我都前進了這麼久，還沒有到嗎？

我已經忘記自己經過了幾根柱子。我把事情都交給熊緩和熊急，一直睡在牠們背上，所以我其實沒有在數。

而現在，我一樣睡在熊緩背上。我們沒有遭到魔物襲擊，不斷前進。

我正在熊緩背上睡得香甜時，熊緩停了下來。然後，牠搖晃背上的我，試圖把我叫醒。

「熊緩，怎麼了嗎？該不會是到了吧？」

我揉著眼睛往前看。

在距離相當遠的地方，有一群看似冒險者的人正在揮劍。

那是小型的蠕蟲嗎？

好幾隻體型與野狼差不多的蠕蟲從沙地中探出頭來。看似冒險者的人就是在跟牠們戰鬥。

正在戰鬥的冒險者後方有一群看似商人的人。

我一直以「看似」形容，是因為所有人都用斗篷般的衣物罩住全身，所以光從外表無法分辨。

嗯～他們需要幫助嗎？

如果不需要，我不想做出會引人注目的事。我也懶得說明關於熊緩的事，所以不想跟別人扯上關係。

可是，從這個位置沒辦法判斷狀況，於是我稍微靠近一點，然後使用探測技能。

魔物的名稱叫做沙漠蠕蟲。

冒險者們披著斗篷，與沙漠蠕蟲戰鬥。

雖然對手比我戰鬥過的蠕蟲還要小，數量卻很多。不過，附近已經有幾隻被冒險者打倒的沙漠蠕蟲倒在沙地上。

看來冒險者比較占優勢。這麼看來，他們應該不需要幫助吧。我看著他們戰鬥的樣子，開始覺得動作有點眼熟。

一個人用雙手拿著一對小刀，以敏捷的身手戰鬥。

一名劍士對同伴下達準確的指示，揮舞手上的劍。

另一名劍士每次攻擊魔物都要大吼大叫。

一名魔法師則在前述三人的後方用魔法掩護他們。

「瑟妮雅，妳站得太前面了。梅爾離護衛對象太遠。托亞，右邊交給你應付。梅爾有機會就發動攻擊。」

正在戰鬥的人是我為了取得祕銀小刀而去礦山掃蕩魔偶時，曾經幫助過我的傑德先生和他的隊友。

在傑德先生的準確指示下，大家一起打倒了沙漠蠕蟲。

真厲害。

如果對方陷入苦戰，我本來打算出面幫忙，但傑德先生等人很順利地打倒一隻又一隻的沙漠

蠕蟲。

「數量太多了！」

的確，沙漠蠕蟲接二連三地從沙地裡冒出來。我試著使用探測技能確認，光是大概掃視一下，附近就有二十隻左右。而且，牠們在沙子中四處亂竄。雖然傑德先生等人不斷打倒鑽出來的沙漠蠕蟲，但數量太多了。

繼續努力的話應該能全部打倒，但我是不是該去幫個忙呢？

我叫熊緩往前走。

「傑德先生，你後面有熊！」

一名商人注意到我，這麼大叫。

商人們立刻逃離熊緩和我。

傑德先生聽到商人的聲音便回過頭來，和我四目相交。

「優奈？」

見到傑德先生的反應，商人們都很困惑。

我也懶得向商人解釋，於是對他們視而不見。

「優奈？」

「小姑娘？」

「優奈？」

瑟妮雅小姐等人也在戰鬥中轉頭看我。

「需要我幫忙嗎？」

我不能就這麼走掉，於是試著這麼問。

「妳能幫忙就太好了。敵人的數量實在是有點多。」

傑德先生毫不猶豫地答道。

「了解。」

既然對方認識我，事情就簡單多了。

我用探測技能確認沙地下的沙漠蠕蟲在哪裡。

「傑德先生，我會把沙漠蠕蟲趕出來，可以請你們負責善後嗎？」

這樣應該比較快。

「可以是可以，但妳真的辦得到嗎？」

我點頭回應。

「梅爾在後方護衛商人。優奈會把沙漠蠕蟲趕出來，托亞和瑟妮雅跟我一起解決敵人！」

我從熊緩背上跳下來，交代牠待在梅爾小姐身邊。

熊緩叫了一聲，走向梅爾小姐。

「那麼，我要開始了。」

我跑了出去，然後對探測技能感應到的沙漠蠕蟲發射空氣彈。

於是，沙漠蠕蟲就像上岸的魚一樣，從沙子裡跳了出來。

「托亞！」

「我知道。」

我不斷對沙子裡的沙漠蠕蟲發射空氣彈。

沙漠蠕蟲飛向空中，落地後扭個不停。

嗯，真噁心。

沙漠蠕蟲又試圖鑽進沙子裡，卻被托亞和傑德先生用劍刺中，沒能逃走。

「瑟妮雅！」

「…………」

瑟妮雅小姐在沙漠蠕蟲落地之前將牠們大卸八塊。

「喂，小姑娘，速度太快了。」

「托亞，有時間說話還不如揮劍。」

我不斷把沙漠蠕蟲挖出來。

「優奈！飛起來的沙子太多了。」

這可不是我的錯。我沒有考慮那麼多。不過，這時有一陣風吹來，把空中的沙子吹走。

看來好像是梅爾小姐用魔法把沙子清除了。

視野恢復清晰的傑德先生等人接二連三地打倒沙漠蠕蟲。

「好了，最後一隻！」

我對最後一處沙地發射空氣彈。沙漠蠕蟲從沙子裡飛出來。托亞朝這隻沙漠蠕蟲奔去。

「最後一隻就由我來……」

托亞正要把劍舉高的時候，好幾把小刀從後面飛過來，擊中沙漠蠕蟲的要害。

「最後一隻是我的。」

瑟妮雅小姐面無表情地握著小刀。

原來她除了祕銀小刀之外，還有別的小刀啊。

看到沙漠蠕蟲被打倒，托亞露出不甘心的表情。

「剛才明明是我比較近吧。」

「可是你跑太慢了。」

「我才不慢。」

「我說錯了，因為你腳太短。」

瑟妮雅小姐拔出插在沙漠蠕蟲上的小刀，這麼開玩笑。

「我的腳不短也不慢，只是小刀飛得太快。」

「那就請你下次跑得比小刀快囉。」

不，那是不可能的吧。

話說回來，瑟妮雅小姐和托亞好像還是一點也沒變呢。

# 321 熊熊與傑德先生等人重逢

我用探測技能確認周圍已經沒有魔物之後，回到熊緩所在的地方。

那裡有一群害怕的商人，以及正在撫摸熊緩的梅爾小姐。

「優奈，好久不見。這孩子就是傳聞中的召喚獸吧。」

對了，我好像從來沒有在傑德先生等人面前召喚過熊緩。可是，梅爾小姐一點也不害怕，反而撫摸著熊緩的身體。

「傳聞是真的呢。」

不只是梅爾小姐，連瑟妮雅小姐都靠過去撫摸熊緩。

商人們都很害怕，她們倆卻不怕。這或許就是冒險者和商人的差距吧。

我正要去拯救不知所措的熊緩時，傑德先生舉起手走了過來。

「優奈，謝謝，妳幫了大忙。」

話雖如此，就算我不幫忙，傑德先生等人應該也能平安無事地打倒沙漠蠕蟲。我只不過是幫他們節省時間罷了。

「對了，為什麼優奈會來這裡？」

我才想反問呢。傑德先生等人是以王都為工作據點。掃蕩魔偶、護衛希雅等學生的實習訓練、校慶都是在王都承接的工作。

雖然我也有聽說他們偶爾會去別的地方工作。

我先前也遇到了布里茨等人，最近該不會流行到沙漠工作吧？

「我是來工作的。我要送東西去前面的迪賽特城，正往那邊前進。」

「那就跟我們一樣了。我們也正要去那座城市。」

也對，聽說要去鄰國就必須經過迪賽特城，如果基本上都是跟著柱子前進，大家的目的地應該都一樣。

「不好意思，傑德先生，請問那個打扮成熊的女孩和熊是？」

我正在跟傑德先生對話時，其中一名商人戰戰兢兢地這麼問道。

熊緩明明不可怕。

「你們從剛才的戰鬥應該也看得出來，雖然她是這副打扮，卻也是個不折不扣的冒險者。只要你們不傷害她的熊，熊就不會攻擊你們。」

傑德先生代替我這麼說明。

雖然他用「這副打扮」來說明我的外表，但我無法反駁這一點，所以也沒辦法。

聽完傑德先生的說明，商人們都用疑惑的表情看著我。不過或許是知道熊沒有危險性了，他們沒有繼續逼問。

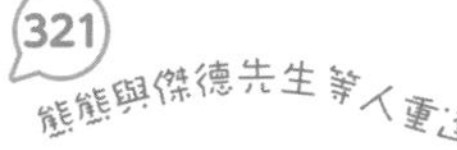

「可是傑德先生，你們不是第一次見到熊緩嗎？」

「我們有聽其他冒險者說過黑熊的事。而且只要待在克里莫尼亞，就算不願意也會聽說關於妳的傳聞。」

「我們常聽說優奈會騎著熊離開城市呢。」

對了，傑德先生等人也知道我打倒了哥布林王和黑蝰蛇的事吧。他們好像也知道克拉肯的傳聞，就算知道熊緩和熊急的事也不奇怪。

「喂，你們！別顧著聊天，來幫我一下吧。你們想讓我一個人肢解嗎？」

我們對話的時候，正在獨自肢解蠕蟲的托亞這麼喊道。

「這點小事，你一個人可以解決吧。」

「加油。」

「不，數量太多了，來幫我啦。」

數量的確很多。沙地上掉著約二十隻沙漠蠕蟲。

「要是不快點處理，其他魔物可能會靠近耶。」

「真拿你沒辦法。」

「托亞這個慢郎中。」

「不，這不是我的錯吧。」

傑德先生等人也加入肢解的行列。

不過，看他們肢解的樣子，似乎只有回收魔石。

「喂，熊姑娘也來幫個忙吧。」

「我？」

意料之外的話語從托亞的口中說出。

「那樣比較快吧。而且魔石是大家平分，妳自己的份就自己肢解吧。」

「我不想要，沒關係。」

況且，我根本不會肢解。我頂多是把魔物帶回去，拜託菲娜肢解。

菲娜應該也不想肢解蠕蟲，所以我不打算帶回去。

「那怎麼行？」

「可是我又不會肢解。」

我這麼一說，四人便露出驚訝的表情。

「妳不會肢解嗎？」

「優奈，妳是冒險者吧？」

「明明那麼強。」

「開玩笑的吧？」

大家都用不敢相信的眼神看著我。

一個柔弱的十五歲普通女孩，怎麼可能會肢解魔物嘛，更別說是長得像某種幼蟲的蠕蟲了。

不過，這個世界倒是有會肢解魔物的十歲和七歲女孩。

「我不想要報酬，所以就不肢解了。」

「既然如此，妳可以幫忙燒掉我們肢解完的沙漠蠕蟲嗎？」

傑德先生並沒有強迫我肢解，而是提出替代方案。

「要燒掉嗎？我聽說沙漠蠕蟲對某些人來說是很稀有的美食耶。」

「那是指普通的蠕蟲啦。沙漠蠕蟲的味道很差，根本不能吃。」

沙漠蠕蟲似乎很難吃。

該不會是因為我用來釣克拉肯時使用的蠕蟲很好吃，克拉肯才會上鉤吧？

「就算如此，要是只拿走魔石，其他魔物有可能跑來吃屍體。所以，把不需要的部分燒掉是冒險者之間的規矩。」

「要不然就會給以後經過這裡的人添麻煩。」

對了，我打倒一萬隻魔物的時候，莎妮亞小姐曾說過要處理哥布林的屍體。

我了解理由後，答應和梅爾小姐一起用魔法把肢解完的蠕蟲燒掉。

他們四人一起進行肢解，所以魔石的回收和沙漠蠕蟲的處理很快就結束了。

肢解果然是冒險者必備的技能嗎？

可是我完全沒有要學的意思。

「好了，停留太久的話，可能還會遇到魔物，我們快走吧。」

傑德先生對商人們下達移動的指示。為了隨時出發，商人們騎上拉格魯特。

「優奈，妳呢？」

「我想先走一步。」

畢竟沒有必要一起走，我決定騎著熊緩趕路。

我轉身面向熊緩的方向。

「…………？」

我朝熊緩那裡望去，發現牠被梅爾小姐和瑟妮雅小姐抱住了。

「優奈，跟我們一起走嘛。」

「贊成，我想坐到牠的背上。」

「不行，牠應該要給我騎。」

不不不，這樣太奇怪了吧？

為什麼事情會變成這個樣子？

「呃，可以請妳們兩位離熊緩遠一點嗎？」

「我說優奈，白熊不在嗎？」

「我們聽說妳有黑熊和白熊。」

她們有在聽人說話嗎？根本沒在聽吧。

話說回來，她們果然知道熊急的事。

「……在啊。」

「我想看。」

「呃，可是我要趕路耶。」

「說得也是。好了，我們快走吧。」

不知為何，兩人都試圖坐到熊緩背上。

熊緩用不知如何是好的表情看著我。

「妳們兩個別再為難優奈了。我們要走了，快點騎上拉格魯特！」

看著她們倆的舉止，傑德先生出言勸說。

可是，兩人都對傑德先生露出不甘願的表情。

「我比較喜歡熊。」

「我也是。」

我就說了，熊緩是我的啦。

「別鬧了，快點！」

「知道了啦。」

「傑德真壞。」

兩人心不甘情不願地離開熊緩，走向自己的拉格魯特。

「她們倆給妳添麻煩了。」

傑德先生向我道歉，但我很感謝他。

「對了，我們要在下一根柱子休息，優奈妳呢？我想分魔石給妳。」

「我剛才也說過了，不用分給我啦。」

「那可不行。身為冒險者就收下吧，免得以後被人家占便宜。我並沒有要多給，只是均分而已。」

既然傑德先生說到這個分上，我就無法拒絕了，於是決定和他們一起往下一根柱子前進。

我騎著熊緩，跑在隊伍的最尾端。

傑德先生等人護衛的商人共有四個人，他們彼此好像都不認識。這個世界的商人要一起旅行時，有時候會集資委託護衛。

冒險者公會的委託內容有時候也會加註「護衛對象之人數可能變動」。

傑德先生等人在移動中不會對話。

這似乎是為了降低體力的消耗。也對，在這種炎熱的地方聊天確實很累人。

拉格魯特跑得比想像中還要快，在沙漠中不斷前進。難怪牠們會被選為沙漠中的交通工具。

不過就算如此，還是熊緩跑得比較快。

經過一陣子的移動，我們抵達柱子了。

商人和傑德先生等人從拉格魯特背上爬下來，準備休息。他們走到柱子的陰影內，餵拉格魯特喝水。餵拉格魯特喝完水之後，梅爾小姐和瑟妮雅小姐朝我走來。

「優奈的熊跑得好快喔。」

「熊在沙漠裡奔跑的樣子真稀奇。」

從我的角度看來，巨大蜥蜴的存在還比較稀奇。不過，畢竟這裡是有魔物存在的異世界，所以我沒有大驚小怪。

「對了，優奈，妳的白熊呢？」

她們果然還記得。

算了，反正我正想讓熊緩休息，這樣也好。

我對熊緩道謝，將牠召回。看到這一幕的梅爾小姐和瑟妮雅小姐相當驚訝。接著，我召喚出熊急。

「牠們真的是召喚獸呢。」

「我還是第一次見到白熊。」

兩人這次開始撫摸熊急。

「好可愛。」

「純白色的毛真漂亮。」

「請不要摸太久喔。」

我這麼叮嚀，她們倆卻不客氣地撫摸熊急。

我往後一看，發現商人都在稍遠的地方露出驚訝的表情。

也對，看到黑熊變成白熊，他們當然會驚訝了。

「優奈，這是妳的魔石。」

傑德先生走了過來，把四顆沙漠蠕蟲的魔石拿給我。

事到如今也沒理由拒絕，於是我心懷感激地收下。

「話說回來，傳聞中的白熊真的存在呢。」

傑德先生望著撫摸熊急的兩個隊友。

「那麼優奈，妳要一個人趕路嗎？」

「優奈，跟我們一起走嘛。」

「我是這麼打算的。」

「我想跟熊一起走。」

「是啊，結伴行動比單獨前進更安全。」

「可是，小姑娘不需要我們吧？她穿成這個樣子卻很強。」

托亞說得沒錯，我不需要同伴。

而且萬一遇到我無法應付的魔物，我還可以一個人逃走，反而比較安全。

「可是考慮到突發狀況，還是跟其他人在一起比較好吧。」

「我也這麼想。」

這裡摸摸，那裡抱抱。

這裡摸摸，那裡抱抱。

「妳們只是想跟熊在一起吧。」

托亞代為說出了我的心聲。

# 322 熊熊抵達迪賽特城

「話說回來，妳的打扮還是老樣子呢。穿成這個樣子不熱嗎？」

托亞看著我的打扮，這麼問道。

看到別人在炎熱的沙漠穿著毛茸茸的布偶裝，任誰都會這麼想。

「好像很熱。」

瑟妮雅小姐走過來抓住我的布偶裝。

「可是，摸起來很軟。」

請不要說些其他人聽到會誤會的話。不知道是第幾次，我又說明了同樣的事。

「這套衣服經過特別的加工，所以不會熱。」

「用不著特別加工這麼奇怪的衣服吧，小姑娘真是個怪人。」

熊熊布偶裝可不是我加工的，一切都是神幹的好事。奇怪的不是我，是神才對。

「啊，對了，聽說妳有在校慶遇到傑德和梅爾？」

「嗯，當時我很驚訝。」

在校慶看肢解秀的時候，我碰巧遇到他們兩人。

「我們才驚訝呢。而且，跟優奈在一起的小女孩還會肢解野狼，讓我嚇了一跳。但我沒想到優奈竟然不會肢解。」

「那孩子的爸爸在冒險者公會工作，所以才學會肢解的技術。我是『菜鳥冒險者』，所以就算不會肢解也沒辦法。」

我強調自己是個菜鳥。

「菜鳥……」

「打得贏黑蝰蛇和哥布林王的菜鳥根本不存在。」

梅爾小姐和瑟妮雅小姐傻眼地說道。

「而且連巴伯德等人都打不贏的魔偶，她也一個人打倒了。」

確實有這麼一回事。雖然不是很久以前的事，我還是覺得有點懷念。

我聽說後來礦山就沒有再出現新的魔偶了。

「不過，把打倒魔偶的功勞讓給我們真的好嗎？」

據說在我回到王都以後，城裡的居民很感謝他們，還招待他們享用料理。

巴伯德似乎還得意忘形，描述自己有多麼辛苦才打倒魔偶。

不過，他們確實戰鬥過，所以連傑德先生等人也沒能阻止他們。

「沒關係啦。」

我也不喜歡引起騷動，所以這樣正好。

「不過，我們已經把優奈打倒魔偶的事情確實回報給冒險者公會了。」

我已經從莎妮亞小姐口中得知這件事。

「話說回來，我還以為教那個小女孩怎麼肢解的人是優奈，原來不是呀。」

「我不會肢解，所以都把打倒的魔物交給公會或菲娜處理。」

「如果不自己試試看，永遠也學不會喔。」

這我也知道，但還是辦不到。每個人都有做得到和做不到的事。

「就是因為這樣，我們才會請托亞來肢解。」

「沒錯，為了讓他學會。」

「不，我已經什麼都會肢解了，妳們只是想偷懶而已吧。」

托亞的話讓大家都笑了。

這時，原本正在跟商人們說話的傑德先生走過來對梅爾小姐等人說道：

「應該還能撐一段時間，但還是別忘了換魔石。」

「啊，我都忘了。」

「我也是。」

「我已經換了。」

他們要換什麼？

梅爾小姐和瑟妮雅小姐都穿著能完全遮蓋身體的連帽斗篷。她們開始脫掉斗篷。

「好熱。」

「快點換一換吧。」

兩人取出藍色的水魔石，跟裝在兜帽內側的魔石交換。接著，她們立刻穿上連帽斗篷。

交換魔石？

「呼，好涼喔。」

「……妳們在做什麼？」

「換魔石呀。要是再不換，魔石就要失效了。」

「……？」

抱歉，我看得出她們剛才換了魔石，卻不知道理由。

「優奈，妳該不會是不知道吧？」

嗯，我不知道。

我完全聽不懂她們兩個人在說什麼，所以乖乖點頭。

「這種斗篷有經過耐熱加工，可以用水魔石來替身體降溫。」

梅爾小姐從前面翻開自己穿的斗篷，讓我看看內側。

斗篷的內側有一條一條橫向的藍線。這種藍線是什麼？看起來好像連接著水魔石。

根據梅爾小姐的說法，只要在斗篷裡裝上水魔石，水的清涼就會透過編織在布料中的魔力絲線傳導出去，替穿戴者降低體溫。我剛才看到的藍線似乎就是魔力絲線。

或許就類似連接魔石的魔力線路吧。

以遊戲而言，這種斗篷就是所謂的耐熱防具。

能以科學以外的方式對付大熱天，真不愧是異世界。

可是，如果改用冰魔石會怎麼樣？

會變得更冷嗎？

「那樣會讓身體凍僵的。」

「而且在這種沙漠使用，很快就會失效。」

冰魔石不行啊。感覺可能就像不關冰箱的門吧？

不過，這真是個好消息。

最近我每次去店裡，總是會看到孩子們揮汗工作的樣子。雖然我說覺得熱可以把衣服脫掉，孩子們卻很喜歡熊熊制服，所以不願意脫。

在熊熊外套裡裝上這種冷卻裝置或許是個好辦法。

要是孩子們因為中暑而昏倒就糟糕了，所以一回到克里莫尼亞就立刻找提露米娜小姐和米蕾奴小姐商量吧。

「一般來說，要在沙漠裡移動就一定需要這個東西。」

梅爾小姐看著我的裝扮。我就是熊，請問有什麼問題嗎？

可是，我見到布里茨等人的時候，他們沒有告訴我這件事，是因為不知道嗎？

還是說，這是穿越沙漠的常識，所以他們以為我知道呢？

不過，提到熊熊布偶裝的時候，我就說過我不熱，可能是因為這樣才沒有告訴我吧。

「那麼，我也差不多該走了。」

「優奈，妳真的要自己走嗎？」

「因為我有點趕。」

從上一座城鎮的情況看來，目前應該還不急，可是國王曾交代我早點去。

熊緩和熊急跑得很快，比普通的交通工具省時多了，但還是盡量早點抵達比較好。要是晚了一步，那就傷腦筋了。

我召回熊緩，騎到熊急的背上。

「優奈，妳送完東西之後還有時間嗎？」

「我想暫時到城裡逛逛，應該有時間。」

距離帶大家去海邊玩的日子還有一段空閒。

抵達迪賽特城之後，還是跟菲娜聯絡一下好了。要不然也可以設置熊熊傳送門，暫時回去一趟。

「既然如此，我們一起吃頓飯吧。」

「好主意。讓我們請妳吃飯，答謝這次的事吧。」

我和傑德先生等人約好一起吃飯。不論如何，就算不知道沙漠有什麼樣的食物，光是知道蠕蟲不會入菜就可以安心了。不過，這個世界有一些我不知道的食物，吃的時候可得小心一點。

「到時候就麻煩你們請我吃美食了。」

我和傑德先生等人道別，騎著熊急出發。

因為有柱子的指引，我沒有迷路，在沙漠裡不斷前進。路上有時候會遇到商人或冒險者。不過，如果是迎面而來，只要等對方經過就好，比追過對方還要輕鬆多了。

然後，我在途中過了一夜，隔天中午便看見城市。

我從沙丘上看到一座被牆壁包圍的城市，中央還有看似綠洲的湖泊與樹木。

除此之外，別的方向有個東西吸引了我的注意。

「那是金字塔嗎？」

在距離城市稍遠的位置，有個類似金字塔的東西。

因為有段距離，我看不清楚，但那個三角形物體應該是金字塔。

我從來沒想過能在異世界看見金字塔。

不管是沙漠還是金字塔，在原本的世界總是足不出戶的我根本不會想要到埃及看金字塔。

把克拉肯的魔石交出去之後，就去參觀一下金字塔吧。

可是，一般人可以進到金字塔裡面嗎？應該不會遇到木乃伊吧？

我騎著熊緩奔向迪賽特城。接著，我開始思考該怎麼進入城市。

如果騎著熊緩過去，一定會嚇到人。可是就算用走的過去，要是對方問我是怎麼來的，我也答不出來。

經過思考，我覺得就算會嚇到人也是騎著熊緩比較好說明，所以我決定騎著熊緩直接前往城市。然後，騎著熊緩的我一抵達城市入口，大門的守衛果然嚇了一跳。

「有熊！」

「小、小姑娘，那隻熊是怎麼回事！」

兩名守衛嚇得後退。

這才是第一次見到熊的正常反應，我有點安心。梅爾小姐和瑟妮雅小姐的反應太奇怪了。

「牠是我的熊。只要你們不做什麼，牠就不會傷人。」

「真的嗎？」

「牠是召喚獸，我現在把牠收回來。」

為了讓守衛安心，我從熊緩身上爬下來，然後召回牠。

「我還是第一次見到召喚獸。」

「我雖然看過召喚獸，但還是第一次看到熊型的召喚獸。」

對方很驚訝，但我只想早點進城，於是往大門走去。

「我可以進城嗎？」

「可以，沒問題。但請不要讓熊在城市裡走動，不然會嚇到居民。」

這點小事我懂，於是答應。

首先應該去訂旅館的房間吧？

等一下再去見身為領主的巴利瑪先生就可以了吧？

要是旅館跟上一座城鎮一樣客滿，那就傷腦筋了。

「請問旅館在哪裡？」

我對還在發愣的守衛這麼問道。

「啊，要找旅館嗎？這個嘛，城裡有幾間旅館，最顯眼的是蓋在這條大街上的大型旅館。」

另外，我也問了領主家和冒險者公會的位置。

領主家位在中央的湖邊，據說宅邸很大，一去就知道了。守衛也說冒險者公會就跟旅館位在同一條街上。

「小姑娘，我不知道妳是來這座城市做什麼的，但現在這裡發生了一些問題，我勸妳早點離開比較好。」

守衛指的該不會是魔石壞掉的事吧？

這件事果然引發了問題。

「嗯，我知道。」

「這樣啊，那就好。那麼小姑娘，我可以再問一個問題嗎？」

「什麼問題？」

「妳這身打扮是怎麼回事？」

「這是熊的造型。」

我沒有別的答案，這麼說完便走進城市。

# 323 熊熊順道拜訪冒險者公會

迪賽特城的中央有一座湖，房屋座落在湖的周圍。因為是位於沙漠的城市，所以我以為規模很小，沒想到這麼大，人也很多。

我決定先去旅館訂房間，再把魔石送到領主家。

聽說沿著這條大街走就可以找到旅館，到底在哪裡呢？我一邊確認周圍，一邊走在路上。

「那是什麼？」「熊？」「有熊熊走在路上耶。」「媽媽，那是什麼？」就跟平常一樣，路人都朝我投射好奇的目光。我常常遇到小孩子用手指著我。

不管怎麼樣，我把熊熊兜帽往下拉。

我左顧右盼，走著走著便看到冒險者公會的招牌。

我稍微思考了一下，有點想走進裡面。

嗯～稍微看一下應該沒關係吧？稍微繞個遠路也沒關係吧？

在遊戲裡，不同地區會出現的魔物和任務也不同。身為一個前遊戲玩家，我就是忍不住想知道公會裡有什麼委託。

我抱著這種藉口般的念頭，緩緩走進冒險者公會，以免引人注目。

因為我很安靜地開門，所以沒有人發現我。公會裡的冒險者很少，大家都悠閒地坐在椅子上聊天。

我環顧四周，尋找張貼委託的告示板，這時有個女孩子的聲音傳到我的耳裡。

「拜託，請帶我去……那裡。」

我尋找聲音的來源，看到一個跟菲娜和諾雅差不多同年紀的紅髮女孩，正在跟冒險者說話。

「拜託你。」

女孩向冒險者深深低下頭。

「抱歉，妳去拜託別人吧。」

冒險者這麼拒絕，離開女孩身邊。女孩馬上去找別的冒險者，提出同樣的請求。

「拜託你。」

「我勸妳去委託階級更高的冒險者。」

女孩又跑去找其他冒險者，卻也同樣被拒絕了。

我對這個女孩有點好奇，於是走向一臉擔憂地看著她的櫃檯小姐。

「那女孩是怎麼了？」

「！」

我一開口，看到我的櫃檯小姐便露出驚訝的表情。

櫃檯小姐剛才似乎沒有注意到我走進了公會。

「呃，打扮成熊的小妹妹，有什麼事嗎？妳是來提出委託的嗎？」

因為身高和這身熊打扮的關係，我的年齡經常被低估，但是，已經很久沒有被當成小孩子看待了。

「我是冒險者。」

「冒險者？」

櫃檯小姐睜大眼睛看著我。

看來她好像難以置信。

「不說這個了，那女孩有什麼困難嗎？要提出委託的話，只要向冒險者公會申請就可以了吧？」

我無視驚訝的櫃檯小姐，問起關於那女孩的事。

從剛才開始，那女孩就一直在拜託別人。

「我們有受理她的委託喔。可是都沒有人願意承接委託，所以她才會那樣一一拜託人。」

「是因為委託金太少嗎？」

既然是小孩子的委託，委託金可能很少。

可是，那女孩的穿著很體面。

「不，問題不在金額，是委託內容太難了，所以誰都不願意接。」

「拜託你。」

我正在詢問櫃檯小姐的時候，女孩仍在拚命拜託別人，卻沒有人願意承接。

其他冒險者也只是別開目光。

「她的委託有那麼難嗎？」

「內容是帶她去迪賽特金字塔的地底下。」

迪賽特金字塔是我進城之前看到的金字塔嗎？

金字塔有地下室嗎？

我還以為金字塔是要往上走的建築物。

「那裡本來就是很危險的地方，如果要在路上護衛一個女孩就更難了，所以沒有人願意接。再說，她的地位也令人卻步。」

「地位？」

「她是這座城市的領主千金——卡麗娜大人。」

「領主千金……」

換句話說，我等一下要拜訪的人就是她的爸爸。

「可是，一個小女孩為什麼要去那種地方？」

櫃檯小姐搖了搖頭。

「我只知道委託內容是前往金字塔地底下，沒有聽說理由……」

女孩低頭緊握著手，咬著下唇，好像就快要哭出來了。可是，她忍著眼淚抬起頭，剛好看到了我。

「熊熊？」

女孩盯著我看。

我對她很好奇，於是向她搭話。

「發生什麼事了嗎？」

「不好意思，這種事不該拜託熊熊。」

女孩明確地拒絕我，行了一禮便去找其他冒險者。

「抱歉，她不是一個壞孩子。」

我看得出來。她的眼神並沒有瞧不起我的意思，可見她的委託真的不該交給像我這樣奇裝異服的女孩子吧。

我下意識地看著那女孩，這時有幾名冒險者走進了冒險者公會。

我記得他們是我來到這座城市的途中追過的冒險者。

「這裡就是冒險者公會啊，比想像中還要大呢。」

「暫時在這裡賺錢也不錯。」

「而且這座城市滿大的。」

從對話內容判斷，他們應該不是這座城市的冒險者。

「可是，聽說這座城市現在好像有什麼危機。」

「要是遇到什麼危險，離開就是了。」

剛才的女孩朝這群正在對話的冒險者跑去。然後，她對一名揹著大劍、看似隊長的男人搭話。

「不好意思，可以請你們聽聽我的請求嗎？」

「幹嘛突然來找我？」

「可以請你們聽我說嗎？」

「我已經很累了，沒空聽小孩子說話。」

看似隊長的男人輕輕推開女孩。就算對冒險者來說很輕，對小女孩來說卻是很強的力道。女孩因此跌坐在地。

「請、請等一下。」

即使跌倒了，女孩仍然立刻站起，試圖挽留冒險者。

冒險者作勢把再度抓住自己的女孩推開。這個瞬間，我展開行動。

「幹什麼？」

我按住男人的手。

現在的狀況是熊熊玩偶手套的嘴巴咬著男人的手。

「熊？」

「熊熊？」

「就算要拒絕她，你也不必亂推人吧？」

我用稍微凶狠的眼神瞪著男人。

這個瞬間，跟他在一起的其中一名冒險者說出了某個詞。

「為、為什麼血腥惡熊會在這裡……」

男人驚訝地看著我。

血腥惡熊毫無疑問是指我吧。

真是令人懷念的稱號。

我望向稱我為血腥惡熊的男人，他便後退一步，躲到其他冒險者的後面。

「你們最好不要靠近那隻熊。」

「怎麼，你知道這個穿著奇怪衣服的丫頭是誰嗎？」

看似隊長的男人這麼問，同時對熊熊玩偶手套咬住的手施加力氣。

可是，我的手一動也不動。

「我不知道。」

男人別開眼神，這麼答道。

等等，不管怎麼看，這個人都知道我是誰吧。他都提到血腥惡熊了。可是看他害怕的樣子，難不成是我以前揍過的其中一個人？

「那麼，這位熊姑娘要抓著我的手到什麼時候呢？」

「直到某人放鬆力氣吧？」

我這麼回答，男人就更用力了。可是，看到我若無其事地接下他的手，男人臉上的笑容消失了。我身後的女孩似乎不知道該怎麼辦才好。

「你們最好不要靠近那隻熊！」

剛才提到「血腥惡熊」的男人又說了一次同樣的話。

「那個男的都這麼說了，你覺得呢？」

男人使出最後的力氣，手還是動不了。我反過來用力，緩緩把他的手推回去。

男人的表情漸漸轉變。

「可惡！我們走。報告委託結果，然後去喝酒吧。」

男人甩掉我的手，走向櫃檯報告。

似乎知道我是誰的男人帶著害怕的神情，從我身旁匆匆經過。

他大概真的是我以前揍過的其中一個人吧？

「不好意思？」

我身後的女孩向我搭話。

「妳還好吧？有沒有受傷？」

「是，我沒事。謝謝妳的幫忙。」

太好了，她似乎沒有受傷。

「要委託之前，還是觀察一下對方的人品比較好。」

我這麼勸告女孩，她便仔細盯著我看。

「請問妳是？」

「別看我這副打扮，其實我是冒險者喔。」

「冒險者？」

她果然不相信。

女孩看著我，陷入沉思，這時櫃檯小姐對她說道：

「卡麗娜大人，您今天還是先回去比較好。如果有冒險者承接您的委託，我們會聯絡您的家人。」

雖然櫃檯小姐說會聯絡，但她剛才明明說沒有人願意接。

嗯～感覺有點像是要把人趕走，免得引起糾紛。

可是，這或許不能怪櫃檯小姐吧。

要是讓領主的女兒受傷就糟糕了。這還真是兩難。

「好的，麻煩你們了。」

女孩稍微思考了一下，然後行了一禮，走出冒險者公會。

我忘了原本的目的，追上女孩的腳步。

# 324 熊熊跟著女孩走

我追著女孩，走出冒險者公會。女孩低著頭走在路上。她的背影散發哀傷的氛圍，本來就嬌小的身體看起來更小了。

反正我也不知道該怎麼辦，於是決定暫時跟在她後面。女孩有時候會做出伸手觸碰眼睛的動作，搞不好是在哭泣。

很可惜，我並不具備搭訕哭泣女孩的技能。

如果她像菲娜一樣哭著向我求助，我就能幫她了；既然她拒絕我，我也無能為力。

我正在煩惱該怎麼開口的時候，女孩突然回過頭來。

「請問妳為什麼要跟著我呢？」

被發現了！

因為這雙熊熊鞋子不會發出腳步聲，我還以為不會被發現。

她該不會是察覺到我的氣息吧？

女孩的眼睛看起來有點紅。她剛才果然是在哭。

「真虧妳能察覺我就跟在後面。」

「妳在裝傻嗎？附近的人都在說有熊、熊熊之類的，不管是誰，一聽就知道了。」

我重新環顧四周。

附近的行人一看到我，確實會低聲說出「熊」這個字。我的注意力都放在女孩身上，沒有聽到周遭的聲音。這個樣子，的確會被她發現。

「所以，請問妳有什麼事嗎？為什麼要跟在我後面？」

「呃……其實，我是來見妳爸爸的。」

一時之間，我的腦中只浮現這個答案。

不過，這麼說並沒有錯。我確實要去見治理這座城市的領主巴利瑪先生。他就是這個女孩的父親。

「妳要見我的父親大人嗎？」

女孩用感到可疑的眼神望著我。

「有人委託我送一樣東西給巴利瑪先生。」

我並沒有說謊。

「真的嗎？」

女孩對我投以懷疑的眼神。

聽到一個穿著熊熊布偶裝的女孩說要來見自己的父親，她當然會懷疑。

外表真的很重要呢。

「請問妳有方法能證明嗎？」

我可以拿國王陛下的信給她看嗎？

要是她看到徽章還是說不知道，我就沒轍了。不論如何，為了證明這件事，我拿出國王交給我的信封給女孩看。

信封上蓋著漫畫裡的貴族會使用的封蠟。封蠟使用的印記是艾爾法尼卡王國的徽章。

「這個徽章是……」

看到信封上的艾爾法尼卡國徽，女孩很驚訝。

她好像知道這個徽章是什麼，太好了。

「偽造王室徽章是重罪喔。」

「這是真的啦！」

女孩馬上把徽章當成假貨。

「就算這是真的，我也不認為王室會把工作委託給像妳這種打扮成熊熊的人。」

嗚嗚，我無法反駁。

正常來講，就算說一個穿著熊熊布偶裝的女孩是國王派出的使者，可信度也很低。

女孩對我的戒心更強了。真奇怪，熊熊服裝應該沒有什麼需要提防的地方吧。

在我認識的孩子之中，她或許是最有警覺心的。

「到底要怎麼做，妳才願意相信我？」

「既然妳剛才說自己是冒險者，就請妳讓我看一下公會卡。如果階級夠高，我就相信妳。」

「呃，順便請問一下，多少以上才算高？」

如果是A級，我就沒戲唱了。

「我很想說B級以上，但如果是C級以上我就相信。」

太好了。

我從熊熊箱裡取出公會卡，拿給她看。女孩看著我的公會卡。

「職業是熊……」

為什麼要看那裡？

「妳看錯地方了。」

女孩重新看起公會卡。

「冒險者階級是C！」

沒錯，就是要看那裡。

「公會卡的偽造……」

「我沒有偽造喔。」

我這麼否認，女孩這才第一次對我露出笑容。

「不好意思，我是開玩笑的。我相信熊熊是冒險者。那個時候，妳主動幫了我。我知道那個冒險者當時很用力，也知道妳是在保護後面的我。只不過，我實在不敢相信一個打扮成熊的人會是艾爾法尼卡國王的使者。」

「只要請妳爸爸看過信的內容，他應該就會相信了……大概吧。」

我並不知道信裡寫著什麼樣的內容。可是，國王說他會確保我能見到對方，所以應該沒問題。

「我知道了，我相信熊熊。」

「謝謝妳，可是別再叫我熊熊了。可以請妳叫我優奈嗎？」

「好的，優奈小姐。」

太好了，她是個很老實的女孩。有時候就算我拜託，還是會有人叫我熊熊。

接著，女孩重新自我介紹。

「妳可能已經知道我是誰了，我是這座城市的領主女兒，名叫卡麗娜。剛才真的很感謝妳的幫助。」

卡麗娜很有禮貌地報上自己的名字。看來她跟諾雅一樣，都有接受不錯的教育。

「我叫做優奈，是個冒險者。艾爾法尼卡王國的國王陛下拜託我來見妳的父親。妳可以帶我去見他嗎？」

我重新表明身分，這麼拜託她。

「我知道了。接下來的事，我會交給父親大人來判斷。」

我總算能見到卡麗娜的父親了。

計畫趕不上變化，看來找旅館的事得延後。

我們邁出腳步。

「那個，請問優奈小姐為什麼要打扮成這個樣子呢？」

她果然很好奇。

「因為我的職業是熊啊。」

我半開玩笑地說起公會卡上的資訊，卡麗娜便綻開笑容。

「呵呵，那種職業真的存在嗎？」

「應該存在吧？」

我這麼說，但當然不可能有那種職業。我加入冒險者公會的時候隨便亂填，海倫小姐就真的幫我登記到公會卡上了。我真想回去痛打當時想到什麼就寫什麼的自己。

這一點會被人家當成笑柄，還是改掉好了。但就算問我的職業是什麼，我還是一樣答不出來。我既不是劍士，也不是魔法師。真要說的話應該是熊法師。感覺好像跟現在差不多。嗯～看來暫時要維持現狀。

「這麼說來，優奈小姐是從王都來的嗎？」

「算是吧，但我是住在遠離王都的克里莫尼亞。」

「原來優奈小姐是從那麼遠的地方來到這裡。妳明明只比我大一點，真厲害。」

只比她大一點啊？不知道她覺得我幾歲。

我很在意，但還是沒有多問。

「沒那麼厲害啦。」

我可以靠熊熊傳送門瞬間抵達王都，接下來也只是騎著熊緩和熊急前進而已。

「優奈小姐，妳現在幾歲呢？」

「我現在十五歲。」

「…………！」

既然她這麼驚訝，該不會是覺得我看起來比實際上更成熟吧？

「我還以為妳更小呢。」

我想也是～

「卡麗娜，妳呢？」

「我現在十歲。」

果然，她跟菲娜和諾雅同年。

如果去上同一間學校，她或許會跟諾雅同班呢。

可是，這座城市不屬於特定的國家，可能沒辦法吧。

「卡麗娜這麼懂事，看起來不像只有十歲。」

「常有人這麼說。」

這種刺痛內心的自卑感是怎麼回事？我們明明都是在說對方的外表和實際年齡有差距，我卻

有種輸了的感覺。

不論如何，我努力讓自己的玻璃心振作起來，擠出大人式的成熟微笑。

後來，我欣賞著路上的街景，和卡麗娜一起來到宅邸附近的湖泊。從遠處看不出來，靠近一看就會發現湖水很少。

「水很少對吧。」

發現我正看著湖水，卡麗娜這麼對我說道。

「不久前，這裡是水量充沛的大湖，還有小孩子會來這裡玩水。我也常常跟朋友來這裡玩。可是從某個時候開始，水量就愈來愈少，現在居民也不能再進入湖中了。」

「為什麼會變成這個樣子？」

我想應該是因為水魔石壞掉了，但還是試著發問。

不過，卡麗娜沒有開口，只是靜靜望著湖面。

然後，她緩緩地這麼說道：

「都是我的錯。」

她的回答出乎我的意料。

「那是什麼意思？」

「………」

對於我的問題，卡麗娜沉默不語。

我只知道，湖泊會變成這樣的原因似乎在於卡麗娜。可能就是因為如此，她才會那麼努力拜託冒險者吧。

可是，為什麼卡麗娜會說是自己的錯呢？

雖然聽說原因出在魔石損壞，但我不認為憑小孩子的力量能把魔石弄壞，而且魔石就算掉到地上也不會輕易碎裂。

再說，如果原因是魔石損壞，僱用冒險者也無法解決問題。

嗯～我實在搞不懂。

就算現在問卡麗娜，她應該也不會回答。只要問卡麗娜的父親就能得到答案了嗎？

於是，我和卡麗娜沉默地走向領主的宅邸。

「優奈小姐，我們快去我家吧。」

我們走在湖畔，看到一棟高大的宅邸。

「我家就在那裡。父親大人也在家。」

宅邸的造型和王都似乎沒有什麼不同。

我們走到門前，看到一名二十歲左右、小麥色肌膚的女性正在四處張望。然後，她一看到我們便跑了過來。

「卡麗娜大人！」

女性呼喊卡麗娜的名字，接著抱住她。

「拉瑟。」

「您跑到哪裡去了！我好擔心。」

「對不起。」

女性更用力地抱緊卡麗娜。

「太好了，我還擔心您一個人跑去沙漠呢。」

「我不會那麼魯莽的。」

「就是因為卡麗娜大人有可能那麼做，我才會這麼說。」

「我只是去一趟冒險者公會而已。」

「就算如此，一個人還是太危險了。如果要去，由我代勞就行了。」

「這件事是我的責任。」

這名女性似乎真的很擔心卡麗娜。

女性擦去眼淚，轉頭望著我。

「對了，請問這位穿著可愛衣服的女孩是誰呢？」

「她是父親大人的客人，我是在冒險者公會遇見她的。」

「我是冒險者，名叫優奈。」

畢竟我打扮成熊的樣子，為了不被當成可疑人物，我有禮地自我介紹。

「呃，我是在這座宅邸工作的拉瑟。」

拉瑟小姐的頭上彷彿飄著問號，但還是向我打了招呼。

然後，卡麗娜說起她在冒險者公會見到我的事，也說明我是個冒險者，特地來拜訪巴利瑪先生。

「您是冒險者，想拜訪老爺嗎？」

她用懷疑的眼神看著我。

「拉瑟，她說的是實話。我已經看過她的公會卡。另外，她也帶了一封給父親大人的信。」

「既然大小姐都這麼說了……」

多虧有卡麗娜，拉瑟小姐似乎相信我了。

如果沒有國王寫的信，我可能無法輕易見到領主吧。

「總不能一直站在這裡說話，請進。」

拉瑟小姐帶著我們走進屋內。

# 325 熊熊見到巴利瑪先生

「對了，拉瑟，父親大人在寢室嗎？」

「其實……老爺在辦公室工作。」

「！」

卡麗娜的臉上浮現驚訝的表情，進一步質問拉瑟小姐。

「妳沒有阻止他嗎？」

「我阻止過了，但老爺說他已經沒事。」

一聽到拉瑟小姐這麼說，卡麗娜立刻跑了出去。我決定追上卡麗娜的腳步。卡麗娜跑上階梯，一路奔向某個房間，沒有敲門便衝進裡頭。

「父親大人！都已經受傷了，你到底在做什麼呀！」

「卡麗娜，進房之前要先敲門。」

房間裡有個纖瘦的男人正坐在椅子上閱讀文件。

既然卡麗娜叫他父親大人，這名男性應該就是巴利瑪先生吧？

「可是，我聽說父親大人在工作……」

「我已經沒事了。現在這種情況，我可不能一直躺著休息。」

「可是……」

卡麗娜一臉擔心地靠近巴利瑪先生。

他乍看之下不像是個傷患，傷口或許是藏在衣服底下吧。

「對了，能替我介紹一下後面那位穿著可愛衣服的小姑娘嗎？」

巴利瑪先生撫摸卡麗娜的頭，朝我望過來。

「她是冒險者優奈小姐，好像是從艾爾法尼卡王國過來拜訪父親大人的。」

「拜訪我嗎？」

聽到卡麗娜說的話，巴利瑪先生用訝異的眼神看著我。

「我是冒險者，名叫優奈。國王陛下委託我前來拜訪。我想確認一下，請問你是迪賽特城的領主——巴利瑪先生嗎？」

我用不習慣的拘謹語氣打招呼。

「沒錯，我就是這座城市的領主——巴利瑪・伊休利特。」

我遞出國王交給我保管的信。

「這是來自國王陛下的信。」

比起口頭說明關於我的事，請對方看信比較快。而且不管我怎麼解釋，對方恐怕都不會相信是國王派我來的。從過去的經驗和卡麗娜的反應都可以證明這一點。

「這封信是艾爾法尼卡王國的……所以是真的嗎？」

巴利瑪先生反覆看著蓋在信上的印記和我。

我知道他想說什麼。就算聽說一個穿著熊熊布偶裝的女孩子是艾爾法尼卡王國的使者，恐怕也沒有人會相信吧。

「詳細情形應該都寫在信上了。」

應該有寫吧？

要是沒有寫，我就要闖進城堡裡罵人了。

如果信裡一片空白，那可一點也不好笑。

巴利瑪先生打開信封，取出信件。

然後，他交互看著信和我，臉上明顯掛著驚訝的表情。

看來信上確實寫著來訪目的。可是，我非～～～～～常好奇裡面到底寫了什麼。

「父親大人，信裡寫了什麼呢？」

卡麗娜問了我想問的問題。

「這個嘛，她似乎真的是艾爾法尼卡王國的國王陛下派出的使者。」

明明已經看過信的內容，巴利瑪先生好像還是難以置信。

也對，畢竟是熊嘛。

「另外，信裡也提到她帶了新的水魔石來代替已破損的水魔石。」

「那是真的嗎！」

「可以讓我確認一下嗎？」

我從熊熊箱裡取出克拉肯的魔石，放到巴利瑪先生的桌上。

「就是這個。」

「好大……」

「真的很大呢。」

巴利瑪先生拿起克拉肯的魔石。

「我們真的可以收下這個魔石嗎？」

巴利瑪先生用難以置信的表情看著眼前的魔石。

「信裡應該都寫得很清楚了。」

應該有寫吧？

「不，我沒想到送來的會是這麼大的魔石，真不知道該怎麼道謝才好。」

「請向國王陛下道謝吧。」

雖然這是我的魔石，不過表面上還是國王準備的。

「真是太感激了……」

明明拿到了克拉肯的魔石，巴利瑪先生的表情卻不是很高興。

果然有什麼問題嗎？

「父親大人……」

卡麗娜低下頭。巴利瑪先生溫柔地把手放在卡麗娜的頭上。

巴利瑪先生交互看著信和我，然後用下定決心的表情對我說道：

「妳是優奈小姐對吧。」

「是的。」

「國王陛下在信上寫道，如果我有什麼困擾，可以閱讀裝在這個信封裡的信。」

巴利瑪先生從信封裡取出另一個信封。

信封有兩個？

國王並沒有說過信封裡還有另一個信封。

「信上寫說，如果魔石可以解決問題，就要將這封信交給優奈小姐，然後送還給國王陛下。可是，如果有什麼困擾，我就要向優奈小姐取得閱讀這封信的許可。」

「取得我的許可？」

我感到一頭霧水。

國王什麼都沒告訴我。

「信上說這是足以讓我相信妳的內容。」

換句話說，那封信裡寫著關於我的事。裡面應該沒寫什麼奇怪的事吧？我很想拒絕，但巴利瑪先生似乎已經困擾到需要借助熊的力量了。

如果只是有點困擾，應該不會想找我這種奇裝異服的女孩子幫忙。

「所以，你有什麼困擾嗎？」

「老實說的確很困擾。我並不清楚國王陛下為何要在信裡寫下這樣的內容。」

這個嘛，一般人的確不會知道。

「可是，我所認識的國王陛下不會做出沒有意義的事。」

是嗎？

我沒有見過國王工作的樣子，所以不太了解。我只看過國王吃著我帶去的食物。

啊，可是初次見面的時候，他看起來確實很有國王的架勢。

巴利瑪先生的臉上掛著死馬當活馬醫的表情。我實在不忍心拒絕，於是答應。

「那麼，我就把這封信打開了。」

得到我的許可後，巴利瑪先生打開另一個信封，從裡面拿出信件。

然後，他一開始讀信便露出驚訝的表情，頻頻朝我看過來。

「父親大人，那封信裡寫了什麼？」

巴利瑪先生把信朝下覆蓋，不讓卡麗娜看見。

「父親大人？」

「優奈小姐，這封信上寫的事是真的嗎？我實在不認為國王陛下會說謊。」

「不好意思，我可以看看那封信嗎？」

巴利瑪先生把信遞給我。我接過信，讀了起來。

信裡寫的內容類似我的經歷。上面提到水魔石是我單獨打倒克拉肯所取得的東西，而且我還打倒了黑蝰蛇與黑虎。雖然信裡沒寫我打倒了一萬隻魔物，卻也寫著相近的內容。

如果領主願意相信眼前這名打扮成熊的少女，就請求她的幫助；如果無法相信，就默默地請她回王都吧——信上是這麼寫的。

另外，信上也提到委託金會由艾爾法尼卡王國來支付。

最後，國王要求領主不要對包含家人在內的任何人透露信的內容。所以，卡麗娜想要偷瞄信的內容時，巴利瑪先生才會把信蓋住。

可是，這封信未免太常提到外表了吧？

信裡寫著「雖然她打扮成那副模樣」、「奇裝異服」、「不要被她的外表騙了」之類的負面評語，可是，最後也有提到我是個有實力的冒險者。

國王應該是為了讓領主相信我才會這麼寫，但也有點太過分了。

「如果我說是真的，你願意相信我嗎？」

「正確來說，我的頭腦一片混亂。如果是普通的信，我可能會認為這是惡作劇，把信撕了就丟。可是，國王陛下請優奈小姐一個人把珍貴的魔石送到了這裡。我想這都是因為國王陛下信任優奈小姐的實力。話又說回來，儘管很失禮，我還是不禁對一個打扮成熊的少女抱有疑慮。」

也對，普通人當然無法相信。

可是，自己信賴的國王陛下都在信裡這麼寫了，巴利瑪先生的大腦似乎仍反應不過來。

「可以讓我看看妳的公會卡嗎？」

「公會卡？」

「是的，公會卡會保存本人的行動紀錄。透過它就能查詢冒險者的狩獵紀錄，以及承接過的委託。假如優奈小姐不介意，我想看看妳的公會卡。」

這就表示巴利瑪先生會跟密利拉鎮的阿朵拉小姐看到同樣的東西。

我只能確認到表面的資訊，看不到登記在公會卡裡面的內容。

所以，我本身也不知道公會卡裡面有什麼樣的內容。裡頭或許記錄著不方便被看見的東西。

「當然了，我不會說出去的。國王陛下的信裡有提到，就算看過也不能對別人透露。」

如果不想聽對方的請求，我就沒必要拿給別人看，但我很在意卡麗娜前往冒險者公會的理由。我看到卡麗娜哭泣的樣子，無法就這麼默默地離開這座城市。

我不知道巴利瑪先生會不會把工作委託給我，但還是把公會卡交給了他。巴利瑪先生接過公會卡，從抽屜裡取出水晶板，然後把卡片放上去。

接著，公會卡裡的資料出現了。可是從我的位置沒辦法看見。

「謝謝妳。」

巴利瑪先生看過公會卡的資料之後就把卡片還給我。

「優奈小姐，我要鄭重拜託妳。可以請妳助我們一臂之力嗎？」

巴利瑪先生對打扮成熊的我低下頭。

這表示他願意相信我了嗎？

「呃，我很樂意幫忙。」

面對低聲下氣的巴利瑪先生，我沒有拒絕的理由。

「謝謝妳。既然如此，我就必須向妳說明詳細情形。很抱歉讓妳一直站著，請坐吧。」

我接受巴利瑪先生的好意，正要坐到椅子上時，有一名女性開門走了進來。

# 326 熊熊聽說金字塔迷宮的事　之一

走進房間裡的女性挺著一個大肚子，明顯是位孕婦。

「母親大人！」

卡麗娜一臉擔心地跑向懷孕的女性。

既然是稱呼為母親大人，表示走進房間的人是卡麗娜的媽媽。

好年輕，看起來只有二十五歲左右。

這個世界的人搞不好都老得比較慢。或許是因為這樣，他們才會覺得我看起來比實際年齡小吧。肯定沒錯。

懷孕的女性環顧房內，目光停留在我身上。

「哎呀，真的有熊熊呢。」

她不理會擔心的卡麗娜，很悠閒地說道。

「莉絲堤爾，妳怎麼會來這裡？妳得好好休息才行。」

「呵呵，沒關係啦。老是悶在房間裡，對身體可不好。而且我都要生第三胎了，很清楚自己的身體狀況。」

「那就好。」

「而且我聽拉瑟說卡麗娜帶了一個打扮成可愛熊熊的女孩來家裡，當然會想看看啊。」

我可不是動物，也不是街頭藝人。

名叫莉絲堤爾的女性看著我微笑。

「話說回來，這位熊熊真的好可愛喔。」

「母親大人，總之先坐下來吧。」

「哎呀，妳這孩子真愛瞎操心。」

她在卡麗娜的攙扶下坐到附近的椅子上。

「謝謝妳。」

多虧卡麗娜的母親來到這個房間，原本沉重的氣氛開朗了起來。

「對了，她是卡麗娜的朋友嗎？」

我不能說自己並沒有像卡麗娜這麼小的朋友。

菲娜和諾雅就是一個例子。

「我並沒有會打扮成熊熊的朋友。」

雖然我剛才也這麼想，但聽到對方親口這麼說，我還是覺得有點受傷。

我們才剛認識，確實不算朋友，但被當面這麼說還是讓我感到心痛。

「我是冒險者，名叫優奈。今天是奉艾爾法尼卡王國的國王陛下之命才會前來拜訪。」

「國王陛下之命？」

「優奈小姐帶了這麼大的水魔石來給我們呢。」

「那是真的嗎？」

「沒錯，是真的。這是她一個人從艾爾法尼卡王國帶來的。這個魔石可以代替損壞的魔石。」

「熊熊竟然……」

她用不敢相信的眼神看著我。

正常來講，路途這麼遠，打扮成熊的女孩子不可能一個人橫越沙漠。

如果菲娜出現在我面前，說她是一個人來到這裡，我也絕對不會相信，只會問她是跟誰一起來的。

巴利瑪先生正要拿著魔石站起來的時候，瞬間皺起眉頭。

「父親大人！」

「親愛的！」

「沒事，只是有點痛而已。」

說完，他拿著魔石走到女性身邊。接著，他把克拉肯的魔石放到我面前的桌上。

他果然有哪裡受傷了。

「親愛的，你沒事吧？」

「嗯，別擔心。」

巴利瑪先生在女性旁邊的椅子坐下來。

坐下的時候，他也露出了有點痛苦的表情。

「這女孩是福爾歐特大人信任的冒險者。與外表不同，她是一流的冒險者。」

與外表不同……我畢竟是熊，所以無法反駁。

「我已經看過福爾歐特大人的信和她的公會卡。福爾歐特大人或許已經知道現狀，才會派她過來。所以，我打算對她坦白一切。」

女性一瞬間對巴利瑪先生的發言感到驚訝，但又馬上恢復平靜。

「呵呵，我知道了。既然是你決定的事，我也支持。」

「謝謝妳。」

兩人輕輕擁抱彼此。

夫妻之間互相信賴是很好，但卡麗娜和我有點不知道該看哪裡。

「那個，關於事情經過……」

總不能讓他們一直摟摟抱抱下去，所以我這麼開口說道。

「優奈小姐，不好意思。卡麗娜，妳去請拉瑟幫客人泡茶。」

「好。」

卡麗娜回應後走出房間。

接著，我在巴利瑪先生對面的椅子上坐下。

「我是巴利瑪的妻子，名叫莉絲提爾。呃，我可以叫妳優奈嗎？」

「是，請便。」

「如果是我誤會了，先說聲抱歉。優奈，妳不習慣畢恭畢敬的說話方式吧？」

「這……」

好像被一眼看穿了。

「呵呵，我會用比較輕鬆的方式說話，妳也不用客氣喔。」

「那我就恭敬不如從命了。」

我不習慣嚴謹的用詞，講得也不好。

所以，我欣然接受莉絲提爾小姐的提議。

「這樣說話比較適合妳。從剛才開始，妳的外表和用詞就有點不搭，感覺怪怪的呢。」

「莉絲提爾，使者都是這樣的。」

「你的想法太僵化了啦。」

「是妳太隨意了。」

「那個，如果巴利瑪先生也能用普通的方式說話，我會很感激的。」

「……好吧。跟打扮成可愛熊熊的女孩嚴肅地談話，我也覺得很不自在。」

我想也是～

真虧他能用那麼拘謹的語氣對初次見面又穿著熊熊布偶裝的女孩說話。普通人只會叫我「小姑娘」。

不過，這也表示國王的信有多麼大的影響。從這種地方看來，我就會覺得國王真的是高高在上的人。雖然他平常就只是個來吃東西的普通大叔。

我們正要開始商量時，敲門的聲音響起，卡麗娜走了進來。

「父親大人，我端茶來了。」

「拉瑟呢？」

「我請她讓我端茶過來。父親大人，請讓我也加入談話。」

卡麗娜用認真的眼神拜託巴利瑪先生。

「父親大人，拜託。」

「……唉，好吧。妳過來這裡坐下。」

「父親大人，謝謝你。」

卡麗娜露出高興的表情，把茶放到我們面前之後，在我的旁邊坐下。

我向卡麗娜道謝，享用她端來的茶。茶水冰冰涼涼的，很好喝。

「優奈小姐，妳對這座城市的現狀有多少了解？」

「我聽說供水給城市的魔石壞了，再這樣下去就會缺水。所以，國王才會叫我立刻帶這個水魔石過來。」

「這樣啊，的確沒錯。要是無法再透過水魔石取水，這座城市恐怕就不能住人了。」

「可是，有這個水魔石就沒問題了吧？」

剛才他們也說這個魔石夠大。

「在說明詳情之前，我先談談關於這座城市的事吧。」

咦，要從那裡開始講起嗎？

算了，反正我也很好奇沙漠裡為何有湖，湖跟水魔石又有什麼關係，於是決定安靜地聆聽。

「這座城市是在數百年前由一支冒險者隊伍所建立的。優奈小姐，妳看過金字塔了嗎？」

「來這裡的路上，我有遠遠地看到。」

「那座金字塔的內部分為地下的樓層與地上的樓層。而且，地上的樓層是一座迷宮。迷宮裡的構造錯綜複雜，還有許多陷阱。不過在數百年前，某支冒險者隊伍抵達了金字塔迷宮的最深處。然後，他們在最深處找到水魔石與魔法陣。那種魔法陣可以增強水的力量，發動後便使魔石湧出水來，在沙漠中形成了一座湖。」

「那就是這座城市中央的湖嗎？」

「對，沒錯。因為有了那座湖，這裡成了旅人的休息站，漸漸有愈來愈多人聚集而來，最後形成一座城市。」

真是個充滿神祕色彩的故事。

感覺就像是哪個奇幻世界發生的故事。

話說回來，原來魔石和魔法陣都是金字塔迷宮的通關獎品啊。

是遠古時代的人留下的遺產嗎？

「可是，由於魔石損壞，湖水因此減少。」

那座湖的狀態果然是源自於魔石的問題。

「可是，水魔石只是壞了，換掉就行了吧？」

我就是為此才把克拉肯的魔石帶來。

「對，照理來說是那樣沒錯。只不過，必須前往迷宮的最深處才能解決問題。」

「呃，換句話說，因為必須走完迷宮，所以沒辦法更換嗎？」

但如果是這樣，卡麗娜的行為就不太合理了。

迷宮位於地上的部分，卡麗娜卻想去金字塔的地底下部分。

我還以為她是要走完迷宮並更換水魔石，但似乎不是那樣。

「這話只說對了一半。」

「………嗯？」

我不想玩猜謎，請直接給我答案。

「因為我……」

卡麗娜低頭，咬住自己的下唇。

「迷宮除了水魔石以外，還有一張迷宮的地圖。」

「迷宮的地圖？」

「是的，那張地圖標示著通往最深處的路。」

我終於猜到來龍去脈了。照這個情形看來，可能是卡麗娜弄丟了地圖吧。

我望向卡麗娜，只見她低著頭。

「我們會使用那張地圖，定期確認魔石的狀況。而上次確認的時候，我們發現魔石壞了。因此，我委託艾爾法尼卡王國和托里弗姆王國提供魔石。可是，湖水一天比一天少。為了盡量爭取時間，我蒐集了較小的水魔石，再次前往金字塔。當時的我中了迷宮的陷阱，不小心讓地圖掉進洞裡。」

「才不是那樣！父親大人，請不要說這種謊。弄丟地圖的人是我。都是我太得意忘形，才會把地圖弄丟……」

「卡麗娜……」

卡麗娜努力擠出聲音說話。

說到金字塔的地下——

「可是，地圖沒有備份嗎？」

如果有備份，不管是被弄丟、被燒掉、被偷走，應該都不用擔心。不過，如果是被偷走，那就沒有防止入侵的作用。

可是，巴利瑪先生搖搖頭回應我的問題。

「金字塔內的迷宮每天都會變化，一定要有地圖才不會迷路。地圖是無法複製的。」

……每天都會變化？

而且有地圖？

又出現一個謎題了。

「如果每天都會變化，地圖應該就沒有用了吧？」

「那張地圖並不是普通的地圖，而是一塊水晶板，只要灌注魔力就會顯示迷宮目前的地圖。」

哦，原來還有那種特殊的地圖啊。

水晶板很薄，又會顯示地圖，應該就像智慧型手機或平板電腦上的地圖吧。

「因此，就算有水魔石，我們也無法抵達迷宮的最深處。」

「請恕我失禮，為什麼你們要把那麼重要的東西交給她保管呢？」

我覺得那麼重要的東西，不該交給一個十歲女孩保管。

「那是因為……」

「親愛的。」

莉絲提爾小姐輕輕點頭。

「接下來由我說明吧。」

「這樣好嗎？」

「都說到這裡了，就告訴她吧。優奈，接下來要說的事，我們希望妳可以保密。」

「我可以聽嗎？」

「既然巴利瑪已經決定借助妳的力量，這件事還是告訴妳比較好。」

我答應不告訴任何人。

「謝謝妳。」

莉絲堤爾小姐向我道謝後，開始敘述事情原委。

「在迷宮深處找到的水晶板經過特殊的加工。發現水晶板的人是建立這座城市的冒險者之一。只有第一次對水晶板灌注魔力的人能夠使用它。不管其他人灌注多少魔力，水晶板都不會顯示地圖。因此，灌注了魔力的那名冒險者便留在此地，當上這座城市的領主。那個人就是我們的祖先。」

「這麼說來，能使用水晶板的人只有……」

「是的，只有繼承直系血統的子孫。現在，能使用那塊水晶板的人只有我和卡麗娜，以及我的三歲兒子。」

「巴利瑪先生呢？」

「我是入贅的女婿，所以無法使用。」

「因為我現在是這種狀態，所以這次才會把事情交給卡麗娜。」

莉絲堤爾小姐輕撫自己的肚子。

「我第一次負責這件事，高興得忘了好好看地圖。結果我走錯路，觸發了陷阱，是父親大人救了我。可是父親大人因此受傷，水晶板也掉進地洞裡。」

原來如此，我總算知道巴利瑪先生為什麼會受傷，以及水晶板遺失的理由。

「對了，莉絲堤爾小姐還這麼年輕，不能請妳的父母幫忙嗎？」

「他們……」

莉絲堤爾小姐難以啟齒似地低下頭。

「對不起，我沒想到莉絲堤爾小姐的雙親已經過世了。」

「啊，不是的，很抱歉讓妳誤會了，我的雙親都還在世。」

既然這樣，她為什麼一臉為難？

「我們家族為了守護金字塔和城市，這輩子有很長的時間都不能離開此地。所以，把職責交由我們繼承以後，我的雙親就出去環遊世界。連我們也不知道他們現在在什麼地方……」

所以她剛才才會難以啟齒啊。

# 327 熊熊聽說金字塔迷宮的事 之二

我大概搞懂來龍去脈了。

魔石已經破損，必須前往迷宮深處才能更換。想去迷宮深處就一定要有水晶板的地圖。水晶板的地圖只有特定人物能夠使用，卻被卡麗娜不小心弄丟，掉進地洞裡。卡麗娜因此試圖前往金字塔的地下，取回水晶板的地圖。

到目前為止我都懂。

可是，問題在於卡麗娜是否有必要一起去。

地圖的事或許是祕密，但還是僱用優秀的冒險者去拿比較好。卡麗娜難免會自責，可是不管卡麗娜在不在，尋找水晶板的過程都不受影響。如果有她在，反而會礙手礙腳。

「為什麼卡麗娜要自己去找地圖？委託冒險者就可以了吧？」

「這話是什麼意思？」

聽到我的問題，巴利瑪先生皺起眉頭。

「咦，因為卡麗娜她……」

「優、優奈小姐。」

坐在一旁的卡麗娜試圖阻止我往下說。

「卡麗娜！妳不要說話。優奈小姐，可以請妳說明嗎？」

巴利瑪先生叫卡麗娜閉上嘴巴，催促我繼續說下去。

我該不會是說錯話了吧？

可是，既然卡麗娜想做危險的事，就必須阻止她。所以，我向巴利瑪先生坦白說出了在冒險者公會發生的事。

「卡麗娜！」

聽完我說的話，巴利瑪先生十分生氣。

卡麗娜一開始低著頭默默聆聽，現在卻抬起頭面對巴利瑪先生。

「父親大人！這是我的責任，而且我知道水晶板掉在什麼地方。」

卡麗娜用堅定的語氣這麼說。

話說回來，她知道水晶板掉在哪裡嗎？

「這是兩回事！」

巴利瑪先生這麼怒罵，所以我沒辦法詢問關於水晶板的事。

原本向冒險者公會提出的委託，是到金字塔的地下層取得某樣東西。詳細的內容只有承接委託的人能知道。

卡麗娜似乎在委託中擅自添加了要帶自己一起去的條件。

「卡麗娜，就是因為這樣，妳才會瞞著我們去冒險者公會嗎？」

巴利瑪先生用有些嚴厲的語氣向卡麗娜問道。

「親愛的，別這麼生氣嘛。這孩子也是因為自責才會這麼做。」

「就算是這樣……」

「都要怪我從卡麗娜還小的時候就跟她說了我們家族的職責，她才會特別怪罪自己。」

「母親大人……」

嗯～這還真是兩難。卡麗娜很自責，因為她害父親受傷，又弄丟了家族代代相傳的水晶板。不只如此，城市還有可能因為這件事而沒落。

這樣的責任對一個十歲女孩來說，或許有點太過沉重。

只不過，她的行為是否正確又是另一個問題。

「這麼說來，僱用冒險者去尋找水晶板的人是巴利瑪先生囉？」

「是的，世上可沒有父母會讓女兒去那種危險的地方。」

「可是，就算卡麗娜要一起去，冒險者的態度也太消極了。」

每個人都拒絕了卡麗娜。

我還以為，至少會有幾支冒險者隊伍願意承接呢。

「那恐怕是因為發生在金字塔的現象吧。」

「現象？」

「自從水魔石損壞，金字塔周圍的魔物就增加了。」

「魔物增加？」

「原因或許在於水魔石的損壞。」

啊，這該不會就是我在城市入口聽說的事吧。

我還以為對方是指水魔石損壞的事。

「呃，金字塔裡也有魔物嗎？」

如果有，那就麻煩了。

「是的，裡面有魔物。」

根據巴利瑪先生的說法，過去如果有人在上層的迷宮觸發陷阱，就會掉進有魔物的下層。

「出現在金字塔的魔物很強嗎？」

「不，我們並沒有聽說裡面會出現強大的魔物。金字塔中的魔物都是沙漠裡會出現的種類，冒險者也會去狩獵蠕蟲等低階魔物，藉此賺取資金。」

「所以，問題在於數量嗎？」

「現在金字塔周圍有許多魔物，所以裡頭可能也出現了大量的魔物。」

「父親大人，理由還不只如此。」

「卡麗娜？」

「有人在金字塔附近目擊到大型魔物。就是因為這樣，冒險者才不願意承接。」

「是嗎？」

附近有許多魔物，甚至有來路不明的大型魔物。如果加上要帶領主女兒一起去的條件，冒險者自然無法輕易承接委託。

剩下的方法就是請所有冒險者合力打倒魔物，可是根據傑德先生等人的說法，這座城市的冒險者工作，主要是護衛在城市間來往的旅人。而且因為柱子的指引，路上很少會遇到魔物的襲擊。

說得難聽一點就是大部分的工作都太安全了，所以沒有強大的冒險者。

況且，優秀的冒險者應該不會想要待在這麼炎熱的地方吧。

偶爾觀光是很好，但如果問我要住在這座城市還是克里莫尼亞，我一定會毫不猶豫地選擇克里莫尼亞。

「既然如此，那就不要拜託冒險者，拜託其他國家不是比較好嗎？」

國王如果得知這個狀況，應該也願意派遣士兵、騎士或魔法師過來。

用人海戰術掃蕩金字塔附近的魔物，再分頭進入金字塔地底下搜索，應該很快就能找到水晶板的地圖。

國王說這座城市是很重要的貿易據點，只要領主提出要求，他應該願意幫忙。不過，錢也是一個問題就是了。

可是聽到我的提議，巴利瑪先生搖了搖頭。

「那是不可能的。」

「為什麼？」

「因為艾爾法尼卡王國和托里弗姆王國簽訂了條約，雙方都無法派兵來這座城市。不論有什麼樣的理由，派兵都會被視為侵略行為。」

「那就向對方說明理由……」

雖然我這麼說，但巴利瑪先生依然搖頭。

「優奈小姐，條約是無法那麼輕易就更改的東西。不管有什麼理由，只要有許多士兵、騎士或魔法師聚集到國境附近，不論哪個國家都會感受到威脅。萬一擦槍走火，這座城市甚至有可能化為戰場。為了避免那種情形發生，我們必須堅守條約。」

我大概能理解巴利瑪先生的意思。

不管表面上的關係有多麼友好，彼此還是不可能知道對方的真意。

鄰國突然發動攻擊的可能性並不是零。

我認識國王，卻對另一個國家一無所知。而且，我也不知道那個國家對這個國家有什麼想法。

如果艾爾法尼卡王國派遣軍隊過來，不管有什麼理由，那個國家都有可能感受到威脅。對方可能會覺得我們是想利用這座城市的困境，藉機攻打他們的國家。

反之亦然。如果眼前出現另一個國家的軍隊，任誰都會感受到威脅。

而且，沒有人能保證士兵不會停留在這座城市裡。就是因為不傾向任何國家，這座城市才能保持中立，站穩現在的地位。

想到這裡，我不禁覺得不管是哪個世界，政治和軍事都是令人頭疼的問題。可是既然是為了保護自己的國家，這也沒辦法。

「而且，如果拜託其中一個國家，就表示我們不信任另一個國家。要是我拜託托里弗姆王國，福爾歐特大人恐怕也會覺得不是滋味吧。反過來說也一樣。」

兩國的軍隊能合作當然最好，但那樣一來又會花上許多時間討論。

說來說去，終究還是得靠冒險者。

「所以你們才會找我商量吧。」

正常來講，這種內容根本不適合告訴打扮成熊的我。

「是的，我想拜託優奈小姐去金字塔找出水晶板的地圖。當然，我不會要求妳一個人去。我會撤銷護衛卡麗娜的條件，重新向冒險者公會提出委託。」

「父親大人！我也要一起去。」

「不行！」

「可是，我也一起去的話，就能找到水晶板的位置了。」

「對了，妳剛才也這麼說過，那是什麼意思？」

「這……」

巴利瑪先生轉頭看莉絲堤爾小姐，好像在確認她的意思。接著，莉絲堤爾小姐點點頭，開始說明。

「我剛才也說過了，只有最初觸碰水晶板的冒險者的子孫能使用它。繼承血統的人和水晶板締結契約後，不只是能使用水晶板，也因為水晶板和自身魔力相連，所以能大致感覺到水晶板的所在位置。」

原來如此，所以卡麗娜才會希望冒險者也帶自己一起去啊。

「本來應該由我出面的……」

莉絲堤爾小姐輕撫自己懷孕的肚子。她這個樣子實在不能前往有魔物的地方。莉絲堤爾小姐想去卻不能去，她應該也很焦急。而且，巴利瑪先生沒有繼承冒險者的血統，所以不知道水晶板的位置。

卡麗娜是唯一的人選。

「卡麗娜，妳真的知道水晶板在哪裡嗎？」

「是，我知道。可是，我只能感覺到大概的方向。」

這樣就夠了。

「我了解了，我會帶卡麗娜一起去。」

「優奈小姐！」

卡麗娜一臉高興，身為父親的巴利瑪先生卻擺出反對的表情。

「我覺得帶她去比較能早點找到水晶板。」

就算只明白水晶板的方向，知道與不知道之間可說是有著天壤之別。

「可是……」

雖然我自己這麼說，但我也知道一個打扮成熊的女孩子說的話很沒有說服力。

「巴利瑪先生不是相信國王陛下在信裡所寫的內容嗎？」

「當然，我相信優奈小姐確實很強。可是，優奈小姐在戰鬥時該怎麼辦？卡麗娜可能會被其他魔物襲擊。要請其他冒險者保護她嗎？如果是的話，委託內容就跟先前一樣，沒有人會願意承接。」

這個嘛，對我來說，那麼做也無所謂。不過，為了消除巴利瑪先生的擔憂，我默默從椅子上站起身，移動到比較寬敞的地方。

「優奈小姐？」

「請你們不要嚇到。」

我往前舉起熊熊玩偶手套，召喚出熊緩和熊急。

「熊！」

「…………！」

「熊！」

看到熊緩和熊急，三人都很驚訝。

可能是在驚嚇的瞬間動到傷口了，巴利瑪先生因劇痛而皺起眉頭。

「父親大人！」

卡麗娜一臉擔心地奔向巴利瑪先生。

「優、優奈小姐，那些熊是？」

「牠們是我的召喚獸。」

「召喚獸……」

「我會請牠們護衛卡麗娜。牠們比大部分的魔物都還要強，可以保護好卡麗娜。就算有什麼萬一，牠們也能快速逃離危險。所以，請你們放心……」

「父親大人，拜託。這是我的責任，我非去不可。」

「卡麗娜……」

「親愛的。」

巴利瑪先生看著女兒和妻子，輕輕嘆一口氣。

「好吧。」

巴利瑪先生把手放到卡麗娜的頭上。

「優奈小姐，卡麗娜就拜託妳了。」

巴利瑪先生對我深深低下頭。

確定要去有魔物出沒的金字塔後，卡麗娜雖然表現得很強勢，臉上卻也掛著不安的表情。

為了讓卡麗娜安心，我決定把國王寫的信拿給她看。

如果這麼做能多少安撫卡麗娜的心，那就值得了。

「……克拉肯是棲息在海裡的大型魔物吧。」

「對啊。」

「這麼說來，這個魔石是優奈小姐……」

「嗯，所以放心交給我就行了。」

「好的。」

不安的表情從卡麗娜的臉上消失了。

# 328 熊熊和卡麗娜談談

大致聽說來龍去脈的我接下了尋找水晶板的委託。

「那麼優奈小姐，我會立刻開始招募冒險者，可以請妳等人員到齊再出發嗎？」

等幾天是沒問題，但我還有去海邊玩的計畫，不希望拖太久。

是不是應該先跟菲娜討論一下呢？

「如果要等很久，我一個人也沒關係。」

「請給我兩、三天的時間，我會在那之前找到人。」

只有兩、三天的話，應該沒關係。既然如此，我就在等待的期間探索這座城市好了。

「那麼，我兩天後再來拜訪。」

「優奈小姐，妳有打算去什麼地方嗎？」

「我今天要先去找住宿的旅館，打算明天到街上逛逛。」

身為一個前玩家，來到新城市當然要探索一番。玩遊戲的人會去逛武器店或道具店，不過我通常會去找食材。要不然去看看金字塔的狀況也不錯。

「優奈小姐，不嫌棄的話，妳停留在這座城市的期間可以住在這個家。」

巴利瑪先生如此挽留我。

「優奈小姐特地從王都送魔石來給我們，讓妳住在旅館太不好意思了。」

「真的可以嗎？」

「當然。卡麗娜，妳去請拉瑟幫優奈小姐準備房間。」

「好的。」

卡麗娜回應後走出房間。

「另外，這個水魔石就請妳帶著吧。」

巴利瑪先生把放在桌上的克拉肯魔石遞給我。

「我和莉絲堤爾都沒辦法去現場，所以找到水晶板的地圖之後，得請妳和卡麗娜一起更換水魔石。」

莉絲堤爾小姐的肚子裡懷著小寶寶，巴利瑪先生則是受傷了。而且，據說金字塔有魔物聚集。他們兩人都不能去那麼危險的地方。

雖然我能用魔法治好巴利瑪先生，但那樣可能會讓他決定跟過來。所以，如果要療傷的話，應該等到一切都解決之後吧？

我把克拉肯的魔石收進熊熊箱。

「優奈，我女兒就拜託妳了。她偶爾有點橫衝直撞，但不是個壞孩子。」

莉絲堤爾小姐拜託我照顧卡麗娜。我也看得出卡麗娜並不是一個壞孩子。只不過，我覺得她

的責任感有點太強。

常把煩惱往肚子裡吞的個性，或許有點像我剛認識時的菲娜。

「卡麗娜就暫時由我來照顧，我一定會讓她平安無事地回家。」

「呵呵，謝謝妳。那麼，我也該回房間了。」

莉絲提爾小姐走出房間之後，卡麗娜剛好回來了。

「優奈小姐，我帶妳去房間。」

「那麼巴利瑪先生，要暫時麻煩你照顧了。」

「妳遠道而來，一定很累了，請慢慢休息吧。」

我往外走，熊緩和熊急也跟了上來。我並不是忘了，不過這樣好像不太好。

於是，我召回熊緩和熊急。

「熊熊消失了！」

卡麗娜睜大眼睛驚呼。

這個嘛，因為是召喚獸，所以召回就會消失。

「優奈小姐，熊熊呢？」

「應該在這裡面吧？」

我讓熊熊玩偶手套開開闔闔。

卡麗娜露出好奇的表情，觸摸並觀察熊熊玩偶手套。

「那麼大的熊熊竟然……」

連我都覺得神奇，也難怪她會有這種反應。熊緩和熊急沒有被召喚的期間究竟待在哪裡，我也不知道。

卡麗娜拉著我走出房間，帶我來到客房。

我一走進房裡，便看到剛才見過的那位小麥色肌膚的女性正在整理房間。我記得她的名字叫做拉瑟。

「我已經恭候多時。請您自由使用這個房間。」

房間相當寬敞。該不會是特別準備了好房間給我吧？

「如果有什麼需要，請您儘管吩咐。」

「謝謝，我只要有地方能睡覺就夠了。」

房間裡的床很大，就算跟小熊化的熊緩和熊急一起睡也綽綽有餘。

拉瑟小姐行了一禮便離開，房裡只剩下我和卡麗娜。拉瑟小姐一離開，卡麗娜的表情就變了。

「優奈小姐，妳接下這種委託，難道不會害怕嗎？其他冒險者都不願意承接。現在金字塔的地下不知道是什麼狀況，我們連能不能平安回來都不確定。」

卡麗娜一臉不安地問道。

不過，我覺得這座城市的冒險者之所以不願意接下這份委託，是因為大多數人都以比較安全

的護衛工作為主。所以，他們或許都不會主動去接危險的工作。克里莫尼亞的冒險者也大多會避開太危險的委託，為了過活才工作。所以，我們無法責怪拒絕承接的冒險者。

「我不會害怕。」

要是沒有熊熊裝備，我當然會怕，也不會接下這種委託。追根究柢，如果沒有熊熊裝備，我連能不能在這個世界存活都不知道。不過，熊熊裝備像外掛一樣強，我還有熊熊技能與熊緩和熊急這兩隻召喚獸。如果真的遇上危險，我也可以靠熊熊傳送門逃走。

我有很多方法能應付危險狀況，所以才能放心承接委託。

「優奈小姐，妳真堅強。我雖然對父親大人那麼說，但其實害怕得不得了。老實說我很想逃避。如果有人能代替我，我也想把事情推給別人。可是，事情會變成這樣都是我的責任，也只有我能善後……」

卡麗娜握緊小小的手。她正在微微顫抖，我看得出來。

她只是個十歲的小女孩，這也沒辦法。就算是大人也會怕魔物。可是，卡麗娜很清楚自己的責任和義務，所以沒有逃避。

安慰女孩子應該是帥哥主角的職責，但我只能請卡麗娜用熊熊將就一下了。我蹲下來，用熊熊玩偶手套握住卡麗娜的小手。

「優奈小姐？」

「卡麗娜，妳一點也不懦弱，妳是個很堅強的孩子。」

她沒有外掛般的能力，只是個普通女孩。像她這樣的女孩正打算前往有魔物出沒的地方，這是非常勇敢的行為。而且，她也清楚知道這種行為有多麼危險。她並不是什麼都不知道還想跟過來的任性孩子。她能理解狀況，即使知道有危險仍要同行，這樣的心態一點也不懦弱。

「可是，事情會變成這個樣子都是我的錯。」

「每個人都會犯錯啊，人要經過失敗才會成長。」

「優奈小姐……」

「而且，不能犯錯的人生不是很無聊嗎？」

玩遊戲也一樣，玩家會經歷好幾次的失敗或死亡，努力破關。只因為一次失敗就結束的遊戲根本是設計不良。不斷地挑戰，然後破關，這樣才有樂趣。

如果ＲＰＧ遊戲只要死過一次就得從頭來過，那肯定很無聊。

現實當然跟遊戲不一樣。人生可能因為一次的失敗就亂了調，甚至死亡。可是，要求一個十歲女孩理解這個道理未免太早了。而且這次沒有人喪命，也還有機會能挽回。

孩子會在失敗中成長，失敗是學習的機會。不過要是重蹈覆轍，那就傷腦筋了。

「可是，我弄丟了水晶板，還害父親大人受了傷。」

「妳會找到水晶板的，而且巴利瑪先生也還沒死啊。」

「可是，父親大人好像很痛。」

「傷口是保護女兒的勳章。如果妳受傷了，我想巴利瑪先生也會很自責吧。」

從剛才的對話可以知道，巴利瑪先生非常疼愛卡麗娜。如果女兒卡麗娜受了傷，他一定會很自責。想到這裡，我覺得巴利瑪先生和卡麗娜擔心彼此的個性非常相似。

「所以為了巴利瑪先生，我們一起找到水晶板，更換水魔石吧。」

只要找到水晶板的地圖，把破損的水魔石換成克拉肯的魔石，一切就解決了。

「好的。」

原本垂頭喪氣的卡麗娜抬起頭來。

「而且，妳不用這麼擔心。我已經答應巴利瑪先生了，我會保護妳的。這兩個孩子也會保護妳，放心吧。」

我放開卡麗娜的手，再度召喚出熊緩和熊急。

「熊熊……」

卡麗娜慢慢靠近熊緩和熊急。

「優奈小姐，牠們有名字嗎？」

「黑熊叫做熊緩，白熊叫做熊急。」

「熊緩和熊急嗎？呵呵。」

卡麗娜笑了。

「為什麼要笑？」

「沒什麼，不好意思。因為牠們的名字很可愛。熊緩、熊急，請你們多多關照。」

卡麗娜溫柔地撫摸熊緩和熊急。

熊緩和熊急叫了一聲，磨蹭卡麗娜。

後來，直到拉瑟小姐叫我們去吃晚餐之前，卡麗娜都在跟熊緩和熊急玩耍，漸漸地會露出笑容了。

# 329 熊熊遇見咖哩

我和卡麗娜一起走進飯廳。

「優奈小姐，請坐這邊。」

我在指定位子上坐下，卡麗娜便高興地坐在我的旁邊。

我們一坐到椅子上，飯廳的門立刻敞開，巴利瑪先生和莉絲堤爾小姐走了進來。莉絲堤爾小姐牽著一個小男孩的手。對了，他們曾說過自己還有一個三歲的兒子。

「母親大人……」

男孩一看見我，立刻躲到莉絲堤爾小姐身後。

一定是熊的打扮嚇到他了。

熊是可怕的生物，這也難怪。

「呵呵，她是可愛的熊熊，別擔心。優奈小姐，我來介紹一下。這是我兒子諾里斯。來，跟客人打招呼吧。」

莉絲堤爾小姐輕推男孩的背，把他推到我面前。

「諾里斯。」

男孩用小小的聲音說出自己的名字，然後害羞地躲到莉絲堤爾小姐身後。

「呃，我是優奈，你好。」

我介紹自己，可是諾里斯只有從莉絲堤爾小姐身後探出頭來。

「這孩子很怕生，抱歉。」

莉絲堤爾小姐帶著諾里斯坐到位子上。

熊的心胸是很寬大的，不會放在心上，也可以說漠不關心就是了。

「卡麗娜，是不是發生了什麼好事呀？」

看到坐在我身旁的卡麗娜，莉絲堤爾小姐問道。

應該是因為卡麗娜的表情比剛才更開朗了吧。

「是的，我跟優奈小姐的熊熊變成好朋友了。摸起來毛茸茸的，很舒服呢。」

「那真是太好了。優奈，謝謝妳喔。這孩子自從發生那件事，心情一直很沮喪。」

莉絲堤爾小姐微笑著道謝。

初次見面時，卡麗娜的表情很憂鬱，好像人生就快完蛋了。

跟熊緩和熊急玩過以後，卡麗娜找回了孩子氣的笑容。她的緊張情緒似乎稍微緩和下來。

所有人都入座以後，拉瑟小姐推著載有料理的推車走來。

某種氣味從拉瑟小姐的方向飄了過來。

這個氣味是？

真的嗎？

該不會能在這裡遇見吧？

拉瑟小姐將麵包、沙拉等配菜放到桌上，接著，她在盤子裡裝了土黃色的濃湯。

這個瞬間，一股懷念的氣味刺激我的嗅覺。

我已經好幾個月沒有聞到這種味道了。

……這毫無疑問是咖哩。

我凝視著散發咖哩香味的濃湯。不論是顏色還是氣味，都跟咖哩一模一樣。如果味道不同，我就要告廚師詐欺了。

可是，裡面沒有配料。

我正盯著可能是咖哩的濃湯時，拉瑟小姐對我說：

「請沾在麵包上享用。」

拉瑟小姐教我怎麼吃，然後替其他人盛裝濃湯。

所有人的面前都分到料理之後，拉瑟小姐坐到邊緣的位置。看來在這個家，身為傭人的拉瑟小姐也可以一起吃飯。

「那麼優奈小姐，希望這些菜合妳的胃口。」

不，我很想快點吃，請讓我吃吧。

巴利瑪先生一說完，所有人便拿起麵包沾取看似咖哩的濃湯，吃了起來。我也模仿其他人，用麵包沾看似咖哩的濃湯來吃。一股帶著辛辣的懷念味道在口中擴散，這道料理毫無疑問是咖哩。

我完全沒想到能在這個地方遇見咖哩。

「優奈小姐，妳怎麼了嗎？」

我沉浸在遇見咖哩的感動中，這時卡麗娜開口問道。

「卡麗娜，這是什麼？」

「這是咖哩。是不是不合妳的胃口呢？」

「我覺得很好吃。」

「太好了，我也覺得很好吃。」

看來菜名也跟我知道的一樣。卡麗娜也津津有味地吃著沾有咖哩的麵包。我再次用麵包沾起咖哩來吃。真好吃。只要有了它，就可以做咖哩飯和咖哩麵包，也可以做咖哩烏龍麵。這些料理都很美味。

「卡麗娜，妳知道這道菜的做法嗎？」

「呃，咖哩的做法嗎？」

「嗯，如果妳知道要用什麼材料，我想去買。」

這個世界的人也會用香料做菜，所以也有賣香料。

可是，咖哩粉是用多種香料混合而成。雖然我知道這一點，卻沒有從香料開始做過咖哩，所

以辨不到。

因此，如果外面有賣，我很想買。

「呃，對不起。拉瑟！」

卡麗娜稍微遲疑了一下，然後呼喚拉瑟小姐。

拉瑟小姐特地離開座位，來到我們身邊。

「請問有什麼事呢？卡麗娜大人。」

「優奈小姐好像想知道咖哩要怎麼做。」

「咖哩嗎？」

「我想知道要用什麼材料，是香料嗎？請問哪裡有賣呢？」

「這個嘛，市場有賣香料，可是這道咖哩是混合各種香料煮成的，店裡並沒有賣這種狀態的咖哩。」

沒有賣……

沒想到竟然沒有賣。

可是，只要混合就能做出來了。

「可以請妳告訴我需要用到哪些香料嗎？」

雖然我煮過咖哩，不過是使用咖哩塊，從來沒有用香料做過咖哩。再說，我連咖哩所需的香料種類和分量都不清楚。我對咖哩的知識只有這點程度。

「這道咖哩是我母親傳授給我的珍貴食譜。」

母親傳授的珍貴食譜。

難不成……

「我很抱歉。」

「啊，不好意思，我母親還在世。」

「還在世？」

剛才也發生過同樣的事，這種說法也太容易引人誤會了。

我還以為她的母親已經過世了呢。

「可是，既然是母親傳授的珍貴食譜，是不是不能外傳呢？」

我也可以在這時候拜託巴利瑪先生把食譜當成委託的報酬，可是，那麼做太卑鄙了，根本是趁人之危的混蛋。

還有其他方法嗎……

用錢？這樣也很沒品。重要的東西是不能用錢買到的。

……不行，我什麼方法都想不到。

我好想知道，但又不想強迫別人。

能否在這裡取得咖哩的食譜，會影響到我的異世界飲食生活。

嗚嗚嗚嗚嗚嗚嗚嗚嗚，到底該怎麼辦！

「拉瑟，我知道妳很珍惜這道菜的食譜，但妳能不能教教優奈小姐呢？」

我的內心正在天人交戰的時候，卡麗娜替我求情了。

「卡麗娜大人，我並沒有說不行。既然對象是老爺的客人，我當然願意提供食譜。可是，能不能請您用別的料理食譜跟我交換呢？」

「食譜嗎？」

「我希望每天都能讓老爺、夫人和卡麗娜大人吃到美味的料理。所以，我想盡量多蒐集一些料理的食譜。」

的確，用食譜換食譜就是等價交換了。

可是，既然如此就得拿出彼此都能接受的食譜。

「意思是要拿出拉瑟小姐不知道的食譜吧？」

「是的。」

「那不是很難嗎？拉瑟懂得做很多種料理呢。」

卡麗娜說拉瑟小姐非常勤於學習料理。

這麼說來，普通的料理就行不通了。

可是，我的手裡握有地球的知識這張王牌。我知道許多拉瑟小姐不知道的料理。只不過，因為材料和設備的問題，有很多東西都做不出來。

既然如此，我能提供的食譜有限。

目前做得出來的東西有披薩、布丁和蛋糕。

「點心類也可以嗎？」

「是，沒問題。」

「那麼，可以請妳在餐後試吃看看嗎？」

「呃，您等一下要做嗎？」

我搖搖頭。

「成品就裝在道具袋裡，我馬上就能準備好。」

布丁可以當作餐後甜點。

「是優奈小姐做的點心嗎？」

「對啊。」

我常吃莫琳小姐做的麵包和安絲的料理，但有時候也會自己下廚。特別是米飯料理，我經常自己做。我有時候也會做點心給菲娜等人吃。可是我嫌麻煩，所以很少做。

「優奈小姐真是個不可思議的人。妳打扮成熊熊的樣子，是個很強的冒險者，又會做菜。但我卻什麼都不會。」

卡麗娜沮喪地低下頭。

小孩子本來就這樣，今後才會在學習中成長。

「既然這樣，如果拉瑟小姐同意交換食譜，明天要不要一起做？」

「可以嗎？」

「如果拉瑟小姐同意，我也要教她怎麼做啊。」

我本來打算明天去街上逛逛，但這也是為了取得咖哩香料的食譜。如果只是要探索，解決委託之後也能去。咖哩只有現在能拿到手，我最好趁拉瑟小姐還沒有改變主意前行動。

我用麵包沾起咖哩，放進口中。真好吃，我一定要拿到這道菜的食譜。

享用完咖裡的我，在所有人面前擺上布丁和湯匙。

如果是布丁的食譜，拉瑟小姐應該不知道。

接下來只要請拉瑟小姐試吃，說服她答應就行了。

「哎呀，我們也可以吃嗎？」

「當然，請用吧。如果好吃的話，就拜託各位替我說服拉瑟小姐了。」

「好，沒問題，我們會給出公正的判斷。」

「拉瑟小姐，妳看過這種食物嗎？」

「沒有，這是我第一次見到。」

嗯，我想也是。要是她看過，我就傷腦筋了。

「這是……」

不過，巴利瑪先生似乎對布丁有印象。

「我記得誕辰晚宴的時候……」

「老爺知道嗎？」

「是啊，這是在福爾歐特大人的誕辰晚宴上推出的料理。因為太過美味，當時引發了一陣騷動。」

聽說這是在國王的誕辰宴會上推出的料理，拉瑟小姐露出驚訝的表情。

看來巴利瑪先生也有出席國王的晚宴。

「而且，我聽說食譜是機密。為什麼會出現在這裡呢？」

「因為那些點心是我做的。」

聽我這麼說，巴利瑪先生等人都一臉驚訝。

「竟然是那麼高貴的料理……」

拉瑟小姐驚訝地看著布丁。然後，大家把布丁送入口中。

「母親大人，這好好吃喔。」

最先品嚐布丁的諾里斯用滿臉的笑容說道。

「真好吃。」

「口感很不可思議，味道真棒。」

「就跟我在晚宴吃到的點心一樣。」

卡麗娜、莉絲堤爾小姐、巴利瑪先生都給出正面評語。

「真的非常好吃。」

最重要的拉瑟小姐也給出好評。

於是，所有人的杯子都空了。

「那麼，結果如何？」

「當然是沒問題。」

這個瞬間，食譜的交換終於成立。

# 330 熊熊買香料

隔天，我約好教拉瑟小姐怎麼做布丁，卡麗娜也要加入我們，於是我和她們倆一起來到廚房。

保險起見，我拜託拉瑟小姐不要隨意透露布丁的做法。她聽了便說：「我只是想做給老爺一家人吃，保證不會洩漏食譜。」

另外，問題在於製作布丁需要用到蛋，不過這裡好像有一種會生產大型蛋的鳥類。味道得試吃才知道，總之我打算先說明做法。

如果用大型蛋做起來不好吃的話，帶幾隻咕咕鳥來就行了。等到湖泊恢復原狀，這裡應該也能飼養咕咕鳥。

話說回來，我還真想看看大型蛋長什麼樣子。

既然是很大的蛋，搞不好可以拿來當作送給孤兒院的土產。我可以想像孩子們驚訝的表情。如果能取得，我想帶回去送給他們。

這裡似乎也有牛，種類好像跟我買起司的牛不太一樣。四分之一的湖水會用在農業與畜牧。

可是，因為湖水減少，菜農與酪農似乎都很傷腦筋。

就算有湖水，沙漠正中央能培育作物和家畜也很令人訝異。不知道是因為湖泊還是金字塔的關係，聽說靠近湖泊的地方，氣溫會比較低。所以，城市中央的氣溫似乎比外圍低。我因為有熊熊裝備的關係，感覺不出其中的差異，不過水魔石似乎具有各式各樣的效果。

我們一定要找到水晶板、更換水魔石，讓湖泊恢復原狀。

「話說回來，我真的可以學習王室晚宴的料理嗎？」

「我昨天也說過了，晚宴當時只是國王陛下拜託我做的，不用放在心上。所以，下次妳就做給卡麗娜吃吧。」

當時國王突然跑到我家叫我做布丁，菲娜、莫琳小姐和卡琳小姐都不願意幫我，結果我只好一個人寂寞地做布丁。

不過，今天不會發生那種事。

「那麼卡麗娜，我們一起做吧。」

「好，我會努力的！」

卡麗娜小小的手在胸口處握拳，很有精神地答道。

我從熊熊箱裡拿出蛋。

其實我也想用大型蛋做做看，但今天是臨時起意，所以手邊沒有那種材料。因此，我們今天要用普通的蛋來做布丁。

「那麼，請先像這樣把蛋敲破。」

我輕輕在桌子邊緣把蛋敲破，取出蛋液。

「優奈小姐技術真好。」

「來，卡麗娜也試試看吧。」

我把蛋放到卡麗娜的小手上。

卡麗娜模仿我，戰戰兢兢地在桌子邊緣輕敲蛋殼。

「妳要用力一點才能敲破喔。」

「好，我知道了。」

這次她用力一敲，總算成功了。第一次就能成功，卡麗娜或許有做菜的天分。

拉瑟小姐帶著微笑看著卡麗娜。

「拉瑟，妳別只顧著笑，一起做嘛。」

「卡麗娜大人，我並沒有嘲笑您的意思。」

「妳明明有笑。」

卡麗娜微微鼓起臉頰。

拉瑟小姐也帶著微笑，開始跟我們一起做布丁。

我們煮著加了砂糖的水，製作焦糖液。最後要在小杯子裡裝焦糖液，再倒進布丁液並蒸熟。

拉瑟小姐一一記錄步驟、火候和材料等資訊。

「接下來只要冰過就完成了。」

「什麼時候可以吃呢？」

「到晚上應該就能吃了吧？」

「真令人期待。」

「優奈小姐，非常謝謝您。不過，沒想到做起來這麼簡單呢。」

「料理就是這樣。」

只不過，問題在於材料的取得。

我和卡麗娜約好下午一起去買香料。拉瑟小姐還有工作，沒辦法跟我們一起去。順帶一提，這座宅邸有好幾名傭人。不過，除了拉瑟小姐以外的人都是通勤，只有拉瑟小姐是住在宅邸裡。好像是因為這樣，她才會跟一家人一起用餐。

「真的不需要我陪著兩位嗎？」

「我會帶優奈小姐去店裡，沒問題的。拉瑟，妳不是還有工作嗎？」

「話是這麼說……」

拉瑟小姐一臉擔心。可是，我們已經拿到寫著香料配方和分量的清單，只要問店員再買就行了。就算只有我一個人，知道香料的內容和店面位置就沒有問題。

我和卡麗娜一起前往賣香料的店。

我們走著走著。

路人一瞄再瞄。

「熊？」「熊？」「熊？」

我們走著走著。

路人一瞄再瞄。

擦身而過的路人都看著我們，所以跟我走在一起的卡麗娜很在意周圍的視線。

「呃，優奈小姐，雖然現在問好像有點晚了，但請問妳平常都穿成這樣子嗎？」

「是啊。」

畢竟我不知道什麼時候會遇上危險。

我以前是個足不出戶的弱女子。要是沒有熊熊裝備，我搞不好連菲娜也打不贏。

「我當然覺得這樣很可愛，但妳不會在意別人的眼光嗎？」

當然會在意。可是，人生必須懂得妥協。我會盡量忽視別人的目光，在意就輸了……話雖如此，我還是難免感到不自在，於是稍微拉低熊熊兜帽。

「如果妳覺得尷尬，我會離遠一點。」

我很習慣獨處，這也沒什麼。

不過，如果菲娜遠離我，我可能會很沮喪。要是她說：「跟優奈姊姊在一起很丟臉，所以我

要離遠一點。」我有自信能悶在家裡好幾天。

就算對象是卡麗娜，我當然也會感到沮喪，不過差別就在交情的深淺。

「沒關係，我是領主的女兒，已經很習慣被居民盯著看了。」

卡麗娜稍微紅了臉，握起我的熊熊玩偶手套。

可是，跟穿著熊熊服裝的我走在一起而被盯著看，以及身為領主的女兒而被盯著看，兩者的意思好像完全不同。不過，卡麗娜的心意讓我有點高興。

「優奈小姐，請走這邊。我們快走吧。」

卡麗娜拉著我的熊熊玩偶手套。

於是，我在卡麗娜的帶領下來到賣香料的店。

「卡麗娜，妳平常也會來買香料嗎？」

「我偶爾會跟拉瑟一起來買東西。」

卡麗娜牽著我的手走進店裡。一踏進店內，我便聞到混合各種香料的氣味。

貨架上擺放著各式各樣的調味料。可是，或許是賣完了，有一半的貨架上什麼也沒放。

卡麗娜可能也感到好奇，正盯著空無一物的貨架。

我們看著貨架時，一個大約三十五歲左右、看似老闆的男人走了過來。

「這不是卡麗娜大人嗎……熊！」

男人對卡麗娜打招呼，然後一見到我便驚訝地睜大眼睛。

請不要一直盯著我看。

「呃，請問今天需要什麼呢？拉瑟小姐不在嗎？」

他一面向卡麗娜發問，一面頻頻朝我這裡瞄過來。

既然他這麼好奇，怎麼不問我為什麼要打扮成這個樣子呢？可是就算他詢問，我也不打算回答就是了。

「今天拉瑟沒有來。這位優奈小姐想買香料，我今天是陪她來的。」

男人重新看著我。

「話說回來，商品好像比以前還要少，發生什麼事了嗎？」

「這……」

男人欲言又止。

商品數量果然很少。卡麗娜的發言證明了這不是正常的狀態。

「不，先不說這個了，請問您今天要買些什麼呢？」

男人把話題轉移到生意上。

初次見面的我也不好意思問，於是唸起拉瑟小姐給我的香料清單。老實說，就算寫出名字，我也不知道這些是什麼香料。

我只看得懂咖哩粉，但店裡當然沒有這種粉末，於是我詢問男人。

「呃，那就是這個了，還有這個。另外……」

男人指著幾種裝著香料的瓶子。

「那麼，妳需要多少呢？」

「全部。」

「…………」

「全部。」

我又再回答一次。

「小姑娘，妳的錢夠嗎？我不知道妳是哪戶人家的大小姐，可是香料還是有一定價格的。」

這個嘛，每種香料上都標示著價格，所以我知道。

「我有足夠的錢，不用擔心。」

「這樣啊，那真是幫了大忙。」

「幫了大忙？」

「因為我最近打算離開這座城市。」

「你要離開了嗎？」

男人看到卡麗娜便閉上嘴巴，但已經太遲了。他的眼神左右飄移，露出難以啟齒的表情。

「不好意思，卡麗娜大人應該也知道湖水漸漸減少，金字塔的魔物又增加，發生了不少怪事。這座城市不知道什麼時候會被魔物包圍。要是太晚走，或許就逃不掉了。所以我和太太商量之後，正在考慮早點離開城市。」

就是因為這樣，店裡的商品才會只剩下一半吧。

「請等一下，湖水會恢復原狀的，所以請你們再緩緩。至於魔物的問題，父親大人也會解決的。」

「卡麗娜大人……」

男人露出愧疚的表情。

「有不少人都跟我抱持同樣的想法。魔物的問題或許能靠冒險者解決，但湖水減少的問題是沒有人能解決的。」

啊，原來居民不知道水魔石的事。既然如此，也難怪他們會擔憂。巴利瑪先生也不能輕易透露這件事，真令人為難。如果金字塔裡有大型水魔石的事傳了出去，或許會有小偷出現。要是能早點處理就不會有問題了，但就是因為各種惡運接踵而來，才會造成現在的狀況。

「這是我們長年居住的故鄉，我們也捨不得離開。可是，身為一個有小孩的父親……」

「…………」

聽到男人這麼說，卡麗娜低下頭。我把手放在卡麗娜的頭上，對男人說道：

「可是，你們目前還沒有要走吧？」

「是啊，我們還在準備。」

「既然如此，你們就不必離開城市了。魔物會在這幾天內消失，湖水也會恢復原狀。對吧？卡麗娜。」

我對卡麗娜微笑。

「父親大人正在處理問題，我也會努力幫忙。所以，拜託你們再等一下。」

卡麗娜深深低頭，這麼拜託男人。

「卡麗娜大人，請把頭抬起來吧。只要再等幾天就可以了嗎？」

「是的，我一定會讓湖水恢復原狀。」

卡麗娜用強而有力的語氣這麼保證。

我購買完香料後，走出店面。

卡麗娜看起來有點沮喪。可是，居民會想要離開城市也無可厚非。湖水能降低周圍的氣溫，要是沒有了湖泊，這裡就會變成炎熱而難以居住的地方。

「卡麗娜，別擔心。只要找出水晶板，再把魔石換掉就行了。」

「優奈小姐……」

即使找不到水晶板，我也能單獨走完迷宮，然後更換水魔石。

可是，聽說金字塔裡有麻煩的陷阱，所以最好還是取得水晶板。

# 331 熊熊和梅爾小姐等人一起喝茶

我邊安慰卡麗娜邊走在街上時，正好看見熟悉的人物從前方走來。

「發現優奈了！」

「梅爾小姐？」

梅爾小姐抱住我。

瑟妮雅小姐用傻眼的表情看著她。別光顧著看，妳也阻止她一下吧。

「瑟妮雅小姐，你們也到了啊。」

「嗯，剛剛才到。然後梅爾就提議來找妳。」

「因為我們約好要一起吃飯了嘛。」

的確沒錯，但我答應的人是傑德先生。可是，我沒有看到傑德先生和托亞的蹤影。

「傑德先生和托亞呢？」

「他們兩個人去冒險者公會報告了。我們跟他們分頭行動，負責找妳。我們向大門的守衛問了關於妳的事，守衛就說妳問了旅館的位置，所以我們去旅館看過，但旅館的人說沒有遇到打扮成熊的女孩，我們才會在路上找妳。畢竟妳的打扮很引人注目嘛。我們就這樣隨便走走，聽到有

人提到熊，又從對方口中聽說有個打扮成熊的女孩在這附近，我們就追過來了。」

的確，若聽說有個打扮成熊的女孩在這座城市走動，百分之百可以確定是我。如果地點是克里莫尼亞，有可能是穿著熊熊制服的孤兒院孩子，機率會降低。

「不好意思，優奈小姐，請問這兩位是？」

「她們是我認識的冒險者。」

我介紹梅爾小姐和瑟妮雅小姐，也介紹了卡麗娜。

「領主的女兒？」

「我是卡麗娜。」

「好可愛的孩子。」

被梅爾小姐這麼稱讚，卡麗娜害羞地紅了臉。

「那麼，機會難得，要不要大家一起去喝杯茶？當然了，卡麗娜也一起來吧。」

我和卡麗娜不好意思拒絕，於是跟她們同行。

梅爾小姐帶我們來到一間旅館。我想這裡應該是我本來打算住宿的旅館。旅館的一樓是供客人用餐或休息的空間。

選擇這裡是因為梅爾小姐等人就住在這間旅館，也跟傑德先生說好，在找到我之後來這間旅館會合。

然後，梅爾小姐向旅館的員工隨意點了幾杯飲料。

「對了，優奈是住在哪間旅館？我一開始還以為是這間旅館呢。」

我一開始也這麼打算。

「我現在住在卡麗娜的家。」

「卡麗娜的家？所以是領主大人的家嗎？」

「我的工作就是把貨送到卡麗娜的家。」

「對了，優奈的確說過自己有東西要送。」

「是的，優奈小姐送了很重要的東西來。所以，她停留在這座城市的期間都會住在我家。」

卡麗娜隱瞞了重要的部分，這麼說明。

「那麼，優奈會在這座城市待到什麼時候？」

「我從卡麗娜的爸爸那裡接了新的工作，所以還會再待一陣子。」

「工作？」

我提到工作的事，兩人便露出十分感興趣的表情。

「我聞到錢的味道了。」

瑟妮雅小姐回應。

我不知道能賺多少錢，但這肯定是很辛苦的工作。

「優奈，妳要一個人做那份工作嗎？」

「不只我一個人。我想領主應該已經向冒險者公會提出委託了。」

今天早上，我從拉瑟小姐口中聽說巴利瑪先生請一名傭人送了一封信給冒險者公會。本來應該是拉瑟小姐要去送信，但因為我們要做布丁，所以體貼我們的巴利瑪先生就交代了另一位傭人。

「哦，還有這種事呀。既然如此，我們要不要也接下那份工作呢？」

「卡麗娜的爸爸是領主大人，工作的酬勞一定很多。」

「真的嗎！」

聽到梅爾小姐和瑟妮雅小姐這麼說，卡麗娜激動地站了起來。

「卡麗娜？」

突然站起來的卡麗娜讓兩人嚇了一跳。

於是我安撫卡麗娜。

「不好意思。」

卡麗娜道歉，坐回位子上。

「那個……兩位真的願意幫忙嗎？」

卡麗娜重新詢問兩人。

「當然還是要看工作內容和報酬，可是既然優奈要參加，我覺得就算報酬不多也沒關係。」

「梅爾小姐，妳對這座城市的狀況有多少了解？」

「妳是指湖水減少的事嗎？」

兩人好像不知道金字塔有魔物聚集的事，於是我向她們說明。

「那座金字塔有魔物？所以工作內容就是狩獵那些魔物嗎？」

「也要狩獵魔物沒錯，可是主要目的是去金字塔裡找東西。」

「找東西？」

我不知道可以透露到什麼程度，所以沒有繼續說下去。

「可是既然要狩獵魔物，我們會幫忙的。瑟妮雅，妳也可以吧？」

「可以。」

「這麼簡單就決定，沒關係嗎？還沒有跟傑德先生他們商量過呢。」

「即使他們兩個拒絕，我們兩個還是會幫忙的。」

梅爾小姐這麼說，瑟妮雅小姐也點頭。

「真的可以嗎？金字塔有很多魔物喔。這份工作很危險，其他冒險者都不願意承接。」

卡麗娜反覆確認。

「真的有那麼多嗎？」

「我也沒有確認過，但聽說很多。」

兩人稍微想了一下，卻又馬上回答了。

「算了，有優奈在就不用擔心吧。」

「搞不好沒有我們出場的機會。」

她們這麼依賴我，我也很傷腦筋。這個世界在打倒魔物之後還有善後工作要處理。因為我不想善後，所以如果她們能幫忙，那就太好了。

「不好意思，請問優奈小姐真的很厲害嗎？」

「嗯～關於她的傳聞都讓人難以置信，可是全都是真的。」

「普通人可不會相信這個打扮成可愛熊熊的女孩很強。」

兩人口無遮攔，但這些都是事實，我也無法反駁。

「兩位好像都很相信優奈小姐的實力呢。」

「嗯，畢竟我們一起工作過嘛。」

「那個，我可以聽聽優奈小姐的事蹟嗎？」

卡麗娜突然提出奇怪的要求。對此，兩人露出不懷好意的笑容。

「那麼，我就來講優奈的傳說好了。」

「優奈小姐的傳說？」

梅爾小姐的話讓卡麗娜眼睛一亮。

優奈的傳說到底是什麼？我才沒有那種傳說呢。

可是，我確實只有不好的預感。

「呃，卡麗娜，我們差不多該回去了吧？梅爾小姐，如果可以承接委託，那就拜託妳們了。」

三十六計走為上策。

我從位子上起身，放在桌子上的熊熊玩偶手套卻被梅爾小姐和瑟妮雅小姐抓住。

「呃，為什麼要抓住我的手？」

「因為有個女孩想聽妳的故事嘛。」

「妳別想逃。」

兩人不讓我逃走。

我也可以掙脫，但要是動粗，可能會傷到她們。

「優奈小姐，我不能問關於妳的事嗎？可是，既然優奈小姐不願意……」

卡麗娜一臉抱歉。

看到她這個表情，我就不忍心硬是帶她走了。

我放棄抵抗，重新坐回位子上。

「要是妳們亂說話，我就要走了。」

於是，梅爾小姐和瑟妮雅小姐開始講述我的傳說。

她們提到我痛毆冒險者的事、殘殺哥布林事件和打倒哥布林王的事、狩獵黑蝰蛇的事，以及我們一起掃蕩魔偶的事。

「她只用一拳就打倒了岩石魔偶。」

「一拳？」

「而且她還……」

卡麗娜興味盎然地聽著梅爾小姐和瑟妮雅小姐的描述。

「後來，我們和其他冒險者放棄對付魔偶，優奈卻一個人打倒它了。」

卡麗娜用難以置信的表情看著我。

「打扮成可愛熊熊的女孩竟然能打倒那種魔物，妳一定不敢相信吧？」

「是的。」

竟然馬上回答……算了，這也沒辦法。沒有人初次見面就能看穿我的實力。要是有，那就有點恐怖了。

「而且，她還放棄功勞，把名聲讓給我們呢。」

「真的嗎？」

「我只是不想引人注目而已。」

「妳穿成這個樣子，根本沒有說服力。」

我說的話被瑟妮雅小姐爽快地否定。

我當然知道。就是因為這樣，我才想盡量減少引人注目的因素。

「而且還有人謠傳優奈打倒了克拉肯。」

「這就太誇張了。」

梅爾小姐和瑟妮雅小姐笑著說道。

「那是真……」

一旁的卡麗娜正要說溜嘴的時候，我立刻摀住她的嘴巴。

「怎麼了？」

「沒什麼啦。對吧？卡麗娜。」

我看著卡麗娜的眼睛。可能是知道我想說什麼，卡麗娜微微點頭。

好險，差一點就連克拉肯的事情都傳出去了。

除了我以外的人都開心地聊天時，我看到傑德先生和托亞從入口走進來。傑德先生好像也注意到我們，朝這裡走來。

「妳們找到優奈了嗎？」

「我們在路上捕獲野生的優奈了。」

就算我打扮成熊的樣子，也不必把我說得像動物一樣吧。

「對了，傑德，我和瑟妮雅決定要幫忙優奈的工作。」

「工作？」

梅爾小姐開始說明工作的內容。

「啊，我有在冒險者公會看到那份工作。公會也有拜託我們接下來。」

「是嗎？」

「只不過，正如梅爾所說，魔物數量似乎不是普通地多。所以，我們在承接之前騎著拉格魯特去看過了。」

沒想到傑德先生他們會特地去看。也對，畢竟不是能輕易承接的工作。

可是，我是不是也應該去看一下情況呢？

「後來我覺得太勉強，就拒絕了。」

「數量真的那麼多嗎？」

「是啊，我們只是從遠處觀望，就能看到沙子下有很多東西在動。」

「如果是野狼還沒問題，但蠕蟲會在沙子裡移動。可是，既然優奈要參加，妳們要接嗎？」

「有優奈在的話，就能像上次一樣打倒蠕蟲了。」

「不過，數量那麼多，同樣的方法不一定行得通。」

「優奈，妳可以嗎？」

「我不知道數量有多少，但只是從沙子裡弄出來的話倒是很容易。」

「一般來說，那才是最麻煩的地方。」

「那麼托亞，你去一趟公會，接下那個委託吧。」

「我一個人嗎？等等，大家一起去吧。」

「太麻煩了。」

「你加油吧。」

兩人拒絕托亞。

托亞露出哀傷的表情。傑德先生拍了拍托亞的肩膀說：

「我會陪你去的。」

「傑德……」

「畢竟這是隊長的工作啊。」

「各位真的很信任優奈小姐呢。」

剛開始打算拒絕的傑德先生，一聽說我要參加便改變了想法，這似乎讓卡麗娜覺得很不可思議。

「是啊，普通人可不會相信這種打扮成熊的女孩子。」

托亞隨手拍拍我的頭。

「我看會相信這個熊姑娘的人，大概也只有克里莫尼亞城的冒險者吧。」

「而且我們跟她一起工作過，也在來到這裡的途中一起打倒了蠕蟲。」

「我認同優奈的實力。」

不過我的實力來自熊熊裝備就是了。

「各位，謝謝你們願意幫忙。」

卡麗娜的眼睛稍微泛著淚光。看來她真的很高興有冒險者願意接下委託。

# 332 熊熊朝金字塔出發

因為傑德先生等人的加入，卡麗娜非常高興。

吃完晚餐的我抱著小熊化的熊緩和熊急，對熊熊電話灌注魔力。

『優奈姊姊？怎麼了嗎？』

熊熊電話中傳出睽違幾天的菲娜的聲音。能跟遠方的人對話，熊熊電話真的很方便。

「我只是在想妳那邊有沒有發生什麼事，妳沒事吧？」

『嗯，我沒事……』

菲娜透過熊熊電話傳來的聲音好像有點煩惱。

「怎麼了？」

『卡琳姊姊和安絲姊姊像優奈姊姊一樣，不想測量身體的尺寸……』

原來是這種事啊。可是，我能理解卡琳小姐和安絲的心情。只要再長大一點，菲娜也會漸漸明白被測量身體尺寸有多麼恐怖。

可是，卡琳小姐和安絲都比我大，真羨慕她們。在這方面，她們不是我的同伴。

「那麼，測量的事怎麼了？」

『雪莉差點哭出來，她們才答應測量。』

雪莉也學會眼淚攻勢了嗎？

要是她將來變成心機女就糟糕了，我得教她不能對男人用這一招。

『不是那樣的。好像是因為不能完成優奈姊姊交代的工作，她才會那麼難過。』

看來菲娜聽到我的心聲了。

雪莉將來應該不會變成心機女，而是正經八百的大人。那樣也讓我有點擔心。

「還有其他問題嗎？」

『孤兒院的大家聽說可以去海邊玩都很開心，媽媽和院長都花了好大的力氣才讓小朋友們安靜下來。』

我可以從菲娜的聲音聽出當時的情況有多麼混亂，但我很想吐槽「妳也是小朋友吧」。

不過，幸好大家都很高興。能讓他們高興是我最開心的事。

「照顧鳥兒的人找到了嗎？」

『媽媽跟米蕾奴小姐說了，她說大概沒問題。』

這麼一來就解決了一個問題。

如果沒有人代為照顧鳥兒，我就得重新擬定計畫。

「那泳衣怎麼樣了？」

『雪莉好像很有幹勁，情況很不得了。』

紋。』

「什麼意思？」

『她做得很開心，除了優奈姊姊畫的泳衣之外還做了其他款式。她好像正在構思顏色和花紋。』

畢竟我畫的草稿是黑白的，顏色和細節都是交給雪莉決定。

「對了，妳有聽說我的泳衣是什麼樣子嗎？」

我只有測量尺寸，沒有決定泳衣的款式。

我並沒有特別想要的造型，只希望雪莉不要做些奇怪的款式給我。

『啊，優奈姊姊，抱歉，媽媽在叫我了。』

「沒關係，妳去忙吧。如果有什麼事記得聯絡我。我有熊熊傳送門，馬上能趕回去。」

『好，我知道了。優奈姊姊，妳也要早點回來喔。』

我掛斷電話。

看來海邊之旅規劃得很順利。既然如此，我也要早點解決委託，盡快回去。

於是，到了前往金字塔的當天。

聽說除了傑德先生等人以外，還有另一支隊伍要參加。

出發之前，我們在巴利瑪先生家集合，彼此打了照面。

住在巴利瑪先生家的我先遇到傑德先生等人，另一支隊伍最後才抵達。

「是上次的熊？」

一踏進屋裡，某個男人看到我便這麼說道。

誰啊？我在哪裡見過他嗎？

我正疑惑的時候，一旁的卡麗娜便小聲告訴我了。

「他就是把我推開的冒險者。」

啊，是那個時候的人啊。這麼說來，躲在他後面害怕地看著我的人，就是叫我「血腥惡熊」的冒險者吧。

隨後，我們簡單地自我介紹。

另一支隊伍有五個人。隊長是那個男人，名字叫做烏拉岡。其他成員也有自我介紹，可是我忘了他們的名字。反正也沒必要記住，無所謂。

接著，巴利瑪先生對我們進行委託內容的最終確認。

「這麼說來，我們只要把這隻熊和你女兒護送到金字塔就行了吧。」

上次把卡麗娜推開的冒險者一行人，似乎要負責護衛我們抵達金字塔。這好像是他們與巴利瑪先生討論後得出的結論。

另外，傑德先生等人會跟我們一起進入金字塔。

「真的可以麻煩你們進入金字塔護衛我女兒嗎？」

「基本上是優奈會保護她，我們只是從旁協助而已。」

「即使如此，我也心懷感激。」

巴利瑪先生打從心底感謝傑德先生等人。

也對，實際上願意接下這份工作的冒險者，只有這兩支隊伍，難怪巴利瑪先生會這麼感激。

打過照面之後，我們離開了城市。

包括卡麗娜在內，傑德先生等人都穿著連帽斗篷遮擋陽光。一行人之中只有我打扮成熊的樣子。

「優奈小姐，妳真的不會熱嗎？」

「這件衣服具有耐熱功能，別擔心。」

卡麗娜很擔心我。可是，我不覺得熱，也不覺得冷。我真的覺得氣溫剛剛好。

「這樣啊。可是，看著優奈小姐，連我都覺得熱了。」

嗯，我可以理解卡麗娜的心情。我已經向傑德先生等人說明過了，可是不知道這件事的烏拉岡等人都用異樣眼光看著我。

走到城外的我召喚出熊緩與熊急，我自己騎上熊緩，讓卡麗娜騎上熊急。

傑德先生等人租了兩頭拉格魯特，傑德先生和梅爾小姐共乘一頭，托亞和瑟妮雅小姐共乘一頭。烏拉岡的隊伍也各自騎著拉格魯特。

烏拉岡等人看到熊緩與熊急都很驚訝，但經過傑德先生的簡短說明，他們都露出半信半疑的表情。

不過，或許是理解了，他們並沒有開口問我。我真該好好感謝傑德先生。

話說回來，在一群看似蜥蜴的拉格魯特之中，熊緩和熊急真的很格格不入。

就算如此，我還是比較想騎熊緩和熊急。

來到金字塔附近就可以看到地面的沙子正在翻動。

我使用熊熊探測技能，發現相當大量的沙漠蠕蟲。

「喂，數量也太多了吧。」

烏拉岡錯愕地說道，但大家都很清楚。

可是，我能看到其他人看不見的魔物，所以知道實際上的數量更多。

「這下怎麼辦？所有人集合起來，一口氣衝向金字塔嗎？」

「優奈，妳覺得呢？」

傑德先生問我。

「為什麼要問那隻熊？」

「巴利瑪先生也說過了，我們要盡量遵從她的指示。」

「喂喂喂，C級隊伍的隊長大人在說什麼傻話？難不成你真的要聽這個熊姑娘的指示嗎？」

烏拉岡對傑德先生的發言嗤之以鼻。

對了，他好像不知道我的階級吧？

順帶一提，烏拉岡的隊伍好像是接近C級的D級。

「我當然會聽她的指示，因為她是我們之中最強的。」

「你說這話是認真的嗎？」

「如果知道優奈的實力，你也會心服口服。」

「我可不想因為聽熊的指示而死啊。」

「到時候逃走就行了。反正委託人也允許。」

巴利瑪先生說過，如果我們感覺到危險，可以不必勉強，儘管返回城市。

「知道了，到時候我會逃走的。」

沒關係，你們請便吧，反正我會保護卡麗娜。

「那麼優奈，妳打算怎麼做？」

梅爾小姐問道。

其實我也沒什麼主意。我看著探測技能，稍微思考了一下。

「太麻煩了，乾脆全部打倒吧。」

我不知道金字塔內部是什麼樣子，要是被魔物追到裡面，那也很麻煩。既然如此，先打倒牠們比較安全，回程也會更輕鬆。

「喂喂，妳是認真的嗎？」

「反正遲早要打倒牠們。」

考量到往後的事，還是打倒牠們比較好。既然如此，差別只在於先後順序。

「喂，別說得那麼簡單，數量這麼多耶。」

「沒問題啦。只不過，你們可能要辛苦一點。」

「真的假的？」

托亞露出不敢相信的表情。

「喂，也跟我們說明一下吧。」

我會把沙漠蠕蟲挖出來，其他人負責給牠們致命一擊。這份工作非常簡單。

傑德先生代替我向烏拉岡說明這件事。我再次感謝傑德先生的體貼。

為了避免我們引起紛爭，他從剛才開始就總是率先出面應對。

這麼一說我才想起來，傑德先生也很擅長應付笨蛋戰隊呢。他或許很擅長應付這類人吧。

「她真的辦得到嗎？」

聽到傑德先生的說明，烏拉岡發出驚訝的聲音。

「我們保證她辦得到。問題在於我們能不能在沙漠蠕蟲鑽回沙子裡之前打倒牠們。」

「呵呵，如果這個小姑娘真的辦得到那種事，我就在沙漠蠕蟲逃進沙子裡之前打倒牠們。」

根據傑德先生的說法，單一一隻沙漠蠕蟲很弱。可是牠們會在沙子裡移動，所以才棘手。烏拉岡似乎也有同樣的想法，好像正等著看我出糗。

不過，他恐怕要失望了。

「你們都聽到了吧。聽說這個熊姑娘能把沙漠蠕蟲從沙子裡弄出來，我們負責宰了牠們，就這麼簡單。一隻也別給我放過。」

烏拉岡對隊友這麼說道，他們便大聲回應。

他們不知道沙漠蠕蟲的數量，所以才有辦法這麼說。數量比大家想得還要多喔。

「那戰利品要怎麼分？我們人數比較多，應該能分到多一點吧？」

「我不想要，全部給你們吧。」

「這個嘛，狩獵完之後，我們還要去金字塔。如果你們願意負責肢解，就把我們一半的戰利品給你們。」

「交易成立。」

烏拉岡笑了，傑德先生也笑了。

這項交易是誰比較吃香呢？

烏拉岡很高興能拿到更多報酬，傑德先生也很高興能把肢解工作推給別人。

究竟是該高興有很多沙漠蠕蟲的魔石可以拿呢？還是該為肢解的麻煩而難過呢？答案只有接下來的烏拉岡會知道。

「前面很危險，卡麗娜和熊急一起留在這裡。妳絕對不可以離開熊急身邊喔。」

「好的，優奈小姐，請妳一定要小心。」

「別擔心，我馬上打倒牠們，很快就回來。熊急，卡麗娜就拜託你。要是有什麼萬一，你可

以載她跑回城市。」

熊急有些不情願地叫了一聲。

看來牠不是不想保護卡麗娜，而是不想丟下我逃走。

「我不會有事的。要是有什麼萬一，我會犧牲托亞逃走。」

「喂！」

托亞好像聽到了。竟然偷聽我和熊急的重要悄悄話，真是個糟糕的男人。

我對托亞視而不見，繼續說服熊急。

「那麼，卡麗娜就拜託你。」

我摸摸熊急的頭，熊急便叫了一聲。

接著，我騎到熊緩背上。不知為何，梅爾小姐坐到我的後面。

「後面有個會用魔法的人比較好吧。」

她是這麼說。不過在我看來，她只是想騎熊緩而已。

「我們揮劍的時候可能會傷到梅爾，所以拜託妳了。」

傑德先生這麼說，我就無法拒絕了。

「要是妳胡鬧，我就把妳推下去喔。」

「我才不會胡鬧呢。」

梅爾小姐說著，抓住我的衣服。

然後，瑟妮雅小姐自願擔任卡麗娜的護衛，騎到熊急的背上。

不管怎麼看，她都只是想騎熊急而已吧。

「我會保護卡麗娜的，放心吧。」

可是，既然有瑟妮雅小姐的陪伴，我就可以安心了。

雖然性格有點問題，瑟妮雅小姐的用刀技巧卻是一流的。區區的沙漠蠕蟲，她應該能輕鬆打倒。

各自準備完畢之後，我們開始執行沙漠蠕蟲狩獵計畫。

熊緩跑在最前方。載著傑德先生和托亞的拉格魯特跑在右後方，載著烏拉岡等人的拉格魯特跑在左後方。

我用熊熊玩偶手套射出風魔法形成的空氣彈，與野狼差不多大的沙漠蠕蟲便彈飛到空中。傑德先生和托亞將牠們一刀兩斷。

後方的烏拉岡等人都很驚訝。你們可沒有時間驚訝喔。

我朝右邊、左邊、右邊、右邊、左邊的地面依序發射空氣彈。每次都會有沙漠蠕蟲從沙子裡飛出來，掉落到沙地上。沙漠蠕蟲就像上岸的魚不斷彈跳，然後試圖逃進沙子裡，但烏拉岡等人也抓住機會攻擊。除此之外，梅爾小姐也會用風魔法將沙漠蠕蟲大卸八塊。

很順利呢。

「那麼，我要加快速度了喔。」

熊緩加快腳步。

「喂！」

「等等，熊！」

「別開玩笑了！」

我假裝沒聽見，不斷挖出沙漠蠕蟲。真是大豐收。雖然獵物是沙漠蠕蟲。

「可惡！」

「動作快點，別讓牠們逃進沙子裡。」

烏拉岡似乎也放棄抱怨了，努力跟上我的腳步。

無所謂，如果他們應付不來，我也加入攻擊的行列就行了。

那邊聚集了五隻呢。我發射大型的空氣彈，牠們便一起彈出來。如果不是沙漠蠕蟲的話，我可能還會有點高興，但我實在是不喜歡蟲子。

我使用探測技能，集中攻擊有許多沙漠蠕蟲的地方。我們經過的地方漸漸被沙漠蠕蟲的屍體堆出一條一條的路。

# 333 熊熊狩獵沙漠蠕蟲

烏拉岡等人在後面大呼小叫，但每個人都有乖乖工作。

過程很順利。

我對沙地發射空氣彈。沙漠蠕蟲從沙子裡彈飛到天上，就像被打到岸上的魚一樣落下。梅爾小姐看準機會施展魔法。

梅爾小姐跪在熊緩的背上，單手扶著我的肩膀，使出魔法攻擊。梅爾小姐配合我的熊熊玩偶手套所指的方向，精準地對沙漠蠕蟲造成致命傷，然後由傑德先生等人給予最後一擊。我們不斷重複同樣的步驟。

多虧梅爾小姐的掩護，傑德先生等人才能降低體力的消耗。

「優奈！還有嗎！」

傑德先生喘著氣詢問的聲音從後方傳來。雖然梅爾小姐讓他們省了不少體力，但還是會累。他們的體力正在漸漸消耗。

我用熊熊探測技能確認，發現數量已經比剛開始少了大約一半。我們已經打倒不少，卻還有

很多。看來聚集在金字塔周圍的沙漠蠕蟲真的相當大量。

「我們還沒去那邊看過，還有喔。」

從沙漠蠕蟲的屍體就能清楚看出哪些地方沒有去過。

雖然多少有些沙漠蠕蟲把我們當作獵物而聚集過來，數量卻還剩很多。

「烏拉岡！你還可以嗎？」

「當、當然沒問題，你以為我是誰？」

傑德先生問烏拉岡，他便強勢地如此回答。一看就知道他在逞強。

不過，這樣總比示弱好。

既然如此，我就不客氣地繼續挖出剩下的沙漠蠕蟲吧。

「我會輔助你們的。」

坐在我後面的梅爾小姐對大家這麼說。

我不停挖出沙漠蠕蟲。這還真是一份枯燥的工作。如果是捕魚的話還有魚可吃，捕到沙漠蠕蟲根本一點也不令人高興。

我們繼續做著同樣的事。

「喂，熊！」

烏拉岡在後面大叫，但我充耳不聞。

「那邊那個黑色的！」

我的名字可不叫「黑色的」。

「還沒完嗎……」

後面的聲音愈來愈小了。

「優奈，後面……」

「就快打完了。」

「拜託，停一下吧……」

「這是最後一隻了。」

我發射最後的空氣彈，這樣就能解決這附近所有的沙漠蠕蟲。

往後一看，我發現所有人都氣喘吁吁地倒在地上。不過，雖然烏拉岡最後說了喪氣話，卻還是不斷揮劍，可見他滿有毅力的。

烏拉岡以外的隊員都在其他地方停下來了。

「可惡，我好久沒有這樣劇烈活動了。」

「我再也動不了了。」

烏拉岡等人都喘得不得了，累癱在拉格魯特的背上。不過，他們能跟上倒是挺厲害的。

如果他們真的應付不來，我本來打算一個人解決。

跟烏拉岡的隊伍不同，我覺得傑德先生等人應該沒問題。

「我已經不想再動了。」

托亞倒在地上抱怨。

「可是，沒想到我們真的能打倒這麼多沙漠蠕蟲。」

傑德先生看著四周的沙漠蠕蟲屍體，這麼說道。

數量遠超過百隻，應該是以幾百隻為單位。

的確是有點多。可是跟王都的一萬隻魔物相比，數量少了許多。這樣一來，我們就把金字塔周圍的沙漠蠕蟲幾乎全部打倒了。用熊熊探測技能也只能確認到零星的幾隻。這點漏網之魚，就算放著不管也沒關係吧。光是為了打倒那幾隻而移動實在太麻煩。

「這樣就可以進到金字塔裡了。肢解的工作就交給你們。」

傑德先生對疲憊不堪的烏拉岡無情地說道。

「開、開什麼玩笑！這些全都要我們來處理嗎！」

「我們約好了吧。優奈的戰利品和我們的一半戰利品都給你們，所以你們要負責肢解。」

傑德先生注視著烏拉岡說道。

他該不會早就掌握沙漠蠕蟲的數量了吧？

所以才會提出那種條件嗎？

不論如何，傑德先生的隊伍要跟我和卡麗娜一起進到金字塔裡。可是，沙漠蠕蟲非處理不可。只要讓出一半的戰利品，自己就可以省去肢解的工夫，又能取得報酬——是我想太多了嗎？

「我是說過沒錯……」

烏拉岡看著沙地上無數的沙漠蠕蟲屍體。

今天一天能處理完嗎？

不過，沙漠蠕蟲和野狼不同，幾乎沒有什麼可用的素材，所以取出魔石後只要把屍體處分掉，免得其他魔物靠過來覓食就行了。所以，肢解一隻所需的時間沒有那麼久。不過，數量相當多，而且還是在沙漠正中央，沒有人會想長時間待在這種地方肢解。

「你們就當作是一次解決好幾份工作吧。」

「可惡，我們做就是了。不過，我們該拿的份絕對不能少。」

這次的狩獵的確可以拿到普通委託好幾倍的報酬。知道這一點的烏拉岡勉強把傑德先生說的話聽了進去。既然身為隊長的烏拉岡答應了，其他隊員也不會抱怨。

也對，要是不努力處理完，其他魔物來覓食就麻煩了。

不論如何，我們打算先回到卡麗娜所在的地方。

我們本來的目的就是帶著卡麗娜進入金字塔。不過，既然已經打倒幾乎所有的沙漠蠕蟲，我們就可以放心前往金字塔了。

我們往卡麗娜所在的地方移動時，熊緩朝右邊叫了一聲。

「怎麼了？」

沙子開始翻動。是沙漠蠕蟲嗎？

熊緩發出帶有警覺性的叫聲。

我使用探測技能，反應是沙漠蠕蟲。就算留下一隻也無所謂吧。

「熊緩，沒關係的。」

如果牠朝這裡跑過來，再打倒就行了。放著不管也不會怎樣。

正當我這麼想時，小小的沙丘漸漸朝我們靠過來，沙子的波動變得愈來愈大。大家都注意到了。

「怎麼回事？」

沙子產生小小的波浪，接著立刻高高隆起，一隻巨大的沙漠蠕蟲從沙子裡鑽了出來。

「什麼！」

「原來還有這麼大隻的傢伙喔！」

這隻沙漠蠕蟲跟我以前在王都附近打倒的蠕蟲差不多大。

牠似乎就是熊緩警告我們的原因。

我還以為是普通的沙漠蠕蟲，沒想到出現的是這麼大型的個體，畢竟探測技能上只顯示是沙漠蠕蟲。上次的蜜蜂也一樣，真希望探測技能可以區別普通的尺寸和大型的個體。這部分就是探測技能的不便之處。

我和巨大沙漠蠕蟲對峙。

這該不會是母蟲吧？因為母蟲在這裡，所以普通尺寸的蠕蟲才會聚集過來嗎？

還是說，是牠在這裡生下了小蟲呢？

話說回來，愈大的沙漠蠕蟲就愈噁心。那種黏呼呼的口水最噁心了。

「優奈！」

「可惡，我們快逃！」

「優奈！怎麼辦？」

坐在我後面的梅爾小姐呼喚我，烏拉岡等人則拔腿就跑。傑德先生交互看著我和烏拉岡，似乎正在思考要戰鬥還是逃走。

考慮到今後的事，當然是打倒牠比較好。我立刻這麼決定。

最重要的是，牠會妨礙我們前進。

「我去打倒牠。其他人先去找卡麗娜吧。」

這種時候比起多人一起戰鬥，一個人還比較方便。

我從熊緩背上跳下來。因為很麻煩，我打算速速解決。我以前就曾對付過大型蠕蟲。

「優奈，我來幫妳。」

「梅爾小姐，妳也跟熊緩一起去卡麗娜那裡等著吧。」

要是她待在附近，遭到攻擊就麻煩了。

「優奈，妳真的沒問題吧？」

「沒問題。」

我這麼回答傑德先生，然後一個人朝沙漠蠕蟲跑去。沙漠蠕蟲把我視為獵物，張開流著口水

的大嘴巴，在沙地上朝我蛇行而來。

牠該不會是把我誤認為熊了吧？

熊VS巨大沙漠蠕蟲的戰鬥即將開始。

為了吸引巨大沙漠蠕蟲的注意，我朝牠施放火魔法。魔法擊中沙漠蠕蟲的身體，但果然沒有造成致命傷。

無所謂，剛才的魔法只要能吸引牠的注意就夠了。我最怕的是牠跑去卡麗娜等人那裡。騎著熊急的卡麗娜可以平安逃脫，但騎著拉格魯特的傑德先生等人可能逃不掉。

就算他們逃進城裡，也會把沙漠蠕蟲引到城市中。所以，我必須吸引沙漠蠕蟲的注意。

於是，被火魔法擊中的沙漠蠕蟲轉頭面對我。看來我成功引起牠的注意了，沙漠蠕蟲開始追趕我。

我一面保持距離，一面觀察時機。打倒大型魔物的方法是從體內破壞，這是最簡單也最有效的方法。但如果魔物體內有重要的素材，就不能使用這個方法。現在我不需要牠的素材，所以沒問題。

我閃躲沙漠蠕蟲的攻擊，等待時機，牠便對我張開血盆大口。

等好久了。

距離、時機都很完美。

我一口氣放出集中在手上的魔力。小小的熊造型火焰在我面前排成一列。

「熊熊們，上吧！」

我伸手往前一揮，熊熊火焰便朝沙漠蠕蟲的血盆大口飛去。接著，它們飛進流著口水逼近我的嘴巴裡。熊熊火焰在沙漠蠕蟲的體內亂竄，灼燒牠的內部。沙漠蠕蟲因此感到痛苦，猛烈扭動身體，在沙地上不斷彈跳。我的熊熊火焰跟普通的魔法不一樣，不會輕易消失，而是往深處前進。

體內有熊熊火焰的巨大沙漠蠕蟲痛苦地在沙地上彈跳。接下來只要等待，沙漠蠕蟲就會停止活動。那樣就解決牠了。

當我樂觀地這麼想時，沙漠蠕蟲的身體彎了起來。這個瞬間，牠的身體朝我逼近。以為牠已經無力反擊的我，沒能及時反應過來，雖然趕緊用熊熊玩偶手套防禦，卻還是被彈飛了。

我在沙地上滾啊滾啊滾啊滾啊滾啊滾啊滾啊滾。

我站起來，稍微搖晃了一下。

雖然頭有點暈，但身體沒事。不愧是熊熊裝備。

不過，難怪大家都說一時的粗心會害死人。我還以為能直接打倒沙漠蠕蟲，所以就大意了。

可能是剛才的動作耗盡了最後的力氣，沙漠蠕蟲的力道漸漸減弱，最後終於靜靜地倒在沙地上，一動也不動。

為求謹慎，我用探測技能確認牠已經死了。雖然因為大意而受到一次攻擊，我還是平安打倒牠了。

為了報告獲勝的消息，我望向傑德先生等人，看到騎著熊急的卡麗娜朝我奔來。

「優奈小姐！」

卡麗娜從熊急背上跳下來，撲進我的懷裡。

「優奈小姐，優奈小姐……」

卡麗娜用小小的手抓住我的衣服，不斷呼喊我的名字。

我看著她的臉，發現她的眼睛很紅。她哭了嗎？

我溫柔地把手放在卡麗娜的頭上。

「該不會是瑟妮雅小姐對妳做了什麼吧？」

我看著騎在熊急背上的瑟妮雅小姐，這麼問道。

「我什麼都沒做。弄哭她的人是妳。」

瑟妮雅小姐說出莫名其妙的話。我什麼時候弄哭卡麗娜了？

我剛才只是跟沙漠蠕蟲戰鬥而已，並沒有做出會惹卡麗娜哭的事。只有待在她身邊的瑟妮雅小姐才有可能惹她哭。

「優、優奈小姐……」

卡麗娜在我的胸口哭泣。

我用眼神向瑟妮雅小姐問：「為什麼？」要是不知道理由，我也無從安慰她。

「妳一個人去對付沙漠蠕蟲，所以卡麗娜很擔心，才會哭出來。她是因為擔心妳才哭的。」

原來如此，我知道卡麗娜為何而哭了。我似乎讓她相當擔心。

「而且，妳被沙漠蠕蟲打飛的時候，卡麗娜還嚎啕大哭呢。她說這一切都是自己的責任。」

啊，原來從遠處看來是那樣啊。巨大沙漠蠕蟲突然出現，烏拉岡等人拔腿就跑，我獨自面對巨大沙漠蠕蟲，然後被打飛。

不管怎麼看都是死亡的徵兆。可是對正在戰鬥的我來說，其實沒什麼大不了。

「抱歉讓妳擔心了。可是，妳也知道我很強吧。那點小事，沒什麼啦。」

卡麗娜知道克拉肯的事。只不過是出現一隻巨大沙漠蠕蟲，她用不著這麼慌張。

「知道跟見到是兩回事。優奈小姐竟然一個人去對付那麼巨大的魔物……」

卡麗娜抬起頭來看著我。她的眼睛變得紅冬冬的。

「我、我還以為優奈小姐要被牠吃掉了。」

卡麗娜淚眼汪汪地這麼說。

「看、看到妳被撞飛的時候，我還以為完蛋了。」

卡麗娜淚如雨下。

我從熊熊箱裡取出手帕，替她擦眼淚。我好像真的讓她非常擔心。

「謝謝妳擔心我。」

我撫摸卡麗娜的頭，直到她的心情平復。

雖然卡麗娜是因為感到自責才會跟來，但她畢竟還是個十歲的普通女孩呢。

我正在安慰卡麗娜的時候，傑德先生和烏拉岡也來了。

「妳真的打倒牠了嗎？」

烏拉岡反覆看著巨大沙漠蠕蟲和我。

傑德先生和烏拉岡觸摸沙漠蠕蟲，確認牠已經死了。

「真不敢相信。」

「我懂你的心情。」

托亞表示贊同。

「不管怎麼樣，我先把牠收起來吧。」

總不能讓牠繼續躺在這裡。

把巨大沙漠蠕蟲的肢解工作也交給烏拉岡等人好像有點過分，所以我把牠收進熊熊箱。

下次要釣克拉肯的時候說不定能派上用場。可是，沙漠蠕蟲和普通蠕蟲不一樣，不知道味道如何？總之先試試看，要是釣不到，丟進海裡就行了吧？

看到巨大沙漠蠕蟲瞬間消失，烏拉岡驚訝得睜大眼睛。他好像想對我說些什麼，可是沒有問出口，所以我對他視而不見。

看到這一幕的傑德先生對烏拉岡說明了些什麼。

「巨大沙漠蠕蟲突然……消失在那隻熊手中……」

「……放棄吧。」

我聽到「放棄吧」，意思是要放棄什麼呢？

我有點想質問傑德先生。

# 334 熊熊進入金字塔

「那麼，我們差不多該去金字塔了。」

總算平復卡麗娜的情緒之後，我提議朝金字塔出發。

烏拉岡等人稍微休息了一下，然後帶著滿口怨言去肢解沙漠蠕蟲了。傑德先生等人接下來要跟我一起進入金字塔。因此，他們正在大岩石的陰影下休息，盡量恢復體力。

「卡麗娜，妳還好嗎？」

「是，我還好。那個，我突然哭出來，真的很抱歉。」

「不過，這樣一來妳就知道我很強了吧。所以妳可以放心了。不管發生什麼事，我都會保護妳的。」

「好的。」

不過，我實在沒想到與沙漠蠕蟲戰鬥的事會惹她哭。

實際上，就連菲娜等人都沒有親眼看過我和大型魔物戰鬥的樣子。如果菲娜或諾雅看到我跟魔物戰鬥的樣子，不知道會有什麼反應。諾雅大概會帶著閃閃發光的眼神說「優奈小姐好厲害」，菲娜可能會擔心吧？

不管怎麼樣，如果以後要在菲娜等人面前戰鬥，我得小心一點。

就算穿著外掛裝備，我也無法抵抗孩子的淚水。

「可是優奈小姐，妳真的沒事嗎？剛才明明就被蠕蟲的攻擊打中了。」

我確實被牠的攻擊打中了，在地上滾啊滾啊滾啊滾啊滾啊滾。

「我沒事啦。不過，我在地上滾了好幾圈，所以頭有點暈。」

我做出有點搖搖晃晃的動作。於是，卡麗娜笑了出來。

「呵呵，頭很暈嗎？」

我不是為了逗她笑才這麼說的，但她似乎覺得很有趣。

「看到優奈小姐以那麼猛烈的力道在地上滾，我嚇得心臟都要停了。可是優奈小姐竟然連一點傷都沒有。」

「就是呀，優奈的身體到底是什麼構造？」

原本正在休息的梅爾小姐走了過來，觸碰我的身體。請不要到處亂摸。梅爾小姐的手勢讓人有點不舒服，所以我逃離她的魔掌。

就算妳依依不捨地看著我也沒用。我採取防禦姿態。

「我記得是叫熊熊的庇佑吧？我很難相信有那種東西存在，可是看著優奈就會覺得好像真的存在呢。」

不，相當於詛咒的可怕庇佑真的存在。

可是也多虧這份詛咒般的庇佑，我才能盡情享受異世界的生活。

「熊熊的庇佑嗎？如果我也有熊熊的庇佑，就能像優奈小姐一樣強，也能召喚熊緩和熊急嗎？」

「誰知道呢？如果有的話，說不定就得穿成這個樣子喔。」

我指著自己。

卡麗娜沉默地注視著我的熊熊服裝。

「……我覺得很可愛。」

「不過，既然能召喚熊熊，的確讓人很猶豫呢。」

梅爾小姐也要穿上熊熊布偶裝嗎？

她適合嗎？

剛才那一瞬間的停頓是什麼意思？

瑟妮雅小姐的身高比梅爾小姐矮，好像很適合，至於梅爾小姐……

「優奈，妳好像有什麼想說的話耶。」

「妳想太多了。話說回來，我們差不多該出發了吧。」

我別開眼神，騎到熊緩背上。

梅爾小姐好像想說些什麼，但還是乖乖開始準備出發了。

卡麗娜騎到熊急背上，梅爾小姐和瑟妮雅小姐則騎上拉格魯特。她們倆本來想騎熊緩和熊

急，但被我鄭重拒絕了。畢竟這次沒有必要。

沙漠蠕蟲幾乎都消失了，所以我們能安全地抵達金字塔，但途中要穿越一堆沙漠蠕蟲的屍體。嗯～要從長得像巨大幼蟲的東西旁邊經過，感覺真噁心。希望烏拉岡等人可以早點把這些東西處理掉。

我對認真肢解蠕蟲的烏拉岡等人打了招呼。

「委託內容是護衛委託人到金字塔，但我們現在沒必要跟過去了吧？」

「嗯，這附近的沙漠蠕蟲幾乎都死了，你們確實有達成任務。」

因為蠕蟲都被我們打倒了，所以現在能安全地前往金字塔。換句話說，烏拉岡的隊伍已經充分達成工作的要求。

卡麗娜看著烏拉岡低頭道謝。

「各位，謝謝你們的幫忙。」

「只不過是那隻熊說她能把沙漠蠕蟲挖出來，所以我們才順便幫忙而已。」

烏拉岡看著我，冷笑了一聲。

「而且，這是我們的工作，不必道謝。我們會跟妳老爸收錢的，放心吧。」

烏拉岡這麼說完，又補充：「別妨礙我們工作，快走吧。」我覺得他好像是在害臊，應該是我的錯覺吧。而且就算是工作，既然有認真完成，得到一句謝謝也是應該的。

現在說這種話也有點怪，所以我們坦然接受烏拉岡的建議，直接往金字塔前進。

我們和烏拉岡等人分頭行動後，來到金字塔的入口。高大的入口迎接我們。探索迷宮讓我想起玩遊戲的經驗，我見過有魔物的房間、燃燒著熊熊烈火的房間，還有最經典的地洞陷阱。真令人懷念。

我正看著入口的時候，傑德先生等人呼喚了我。

我往他們望過去，看到入口旁有個看似以土魔法建造的小屋。

「這裡是？」

「這裡是用來停放拉格魯特的地方。父親大人和冒險者都會來這裡，我聽說逃到這裡面就不用怕小型的蠕蟲了。」

傑德先生等人把拉格魯特牽到小屋裡，然後準備裝了水和飼料的桶子。我們不知道會在金字塔裡待多久，的確需要替牠們準備食物。

我看著大家做事，這時托亞拿著繩子過來了。

怎麼了？

「那邊還有空位喔，我來幫妳綁吧。」

說完，托亞作勢用繩子套住熊緩。可是，熊緩稍微往後躲開。拿著繩子的托亞失去平衡，跌倒在地。熊緩輕輕踩住托亞的背部。

「嗚嘎！」

托亞發出奇怪的叫聲。

「托亞，你不要再玩了！」

「我只是想要用繩子拴住這隻熊而已啊。」

「你明知道優奈的熊不用拴吧。」

被熊緩踩在腳下的托亞又被梅爾小姐踩住屁股。

「我們正要進入金字塔，我只是想開個小玩笑，讓氣氛輕鬆一點嘛。妳也不必踩我吧？」

「就算如此，我也不允許你用繩子開熊緩的玩笑。」

梅爾小姐踩著托亞的腳更用力了。看到她這麼做，熊緩也一樣對托亞用力一踩。

「等等，好重、好重，我不能呼吸了。都是我的錯，我不會再犯了，放過我吧！」

托亞奮力掙扎。梅爾小姐因此把腳移開，熊緩也把腳移開了。

「可惡，重死我了。所以我才說妳好像胖……」

梅爾小姐再次踩住正要起身的托亞。

「嗚嘎！」

托亞發出青蛙被壓扁的聲音。但我也沒聽過青蛙被壓扁的聲音就是了。

「我看乾脆把托亞綁在這裡好了。你就跟拉格魯特吃同樣的東西吧。」

梅爾小姐這麼一說，瑟妮雅小姐便舉手贊成。連傑德先生都走過來了。我還以為事情會變得更麻煩，不過傑德先生出面阻止了她們倆，得救的托亞趕緊躲到傑德先生背後。

這支隊伍真的很有趣。

於是，我們終於踏進金字塔內部。卡麗娜脫下斗篷，收進道具袋。看到她這麼做，傑德先生等人也脫掉了斗篷。

「內部沒有那麼熱呢。」

「是的，接下來不穿斗篷也沒關係。」

「那真是太好了。畢竟穿著斗篷也不好活動。」

大家各自把斗篷收進道具袋之後，開始往金字塔內部前進。

裡頭的通道比想像中還要寬敞，就算所有人並排前進也綽綽有餘。天花板也很高，沒有什麼壓迫感。

傑德先生和托亞走在最前方，騎著熊急的卡麗娜跟在他們後面。梅爾小姐和瑟妮雅小姐走在卡麗娜的左右兩旁，最後方有我和熊緩負責看守。

不管怎麼樣，我先使用探測技能確認情況。附近沒有魔物的反應，可是，我不知道會發生什麼事，所以不能大意。如果像對付巨大沙漠蠕蟲時一樣，因為大意而被打飛，卡麗娜又要替我擔心了。

「裡頭還滿明亮的呢。」

「父親大人說過，這座金字塔裡有能照亮內部的機關。我只有白天來過，所以不清楚，聽說

到了晚上就會變暗。」

哦，原來還有那種機關啊。

如果是遊戲或漫畫，金字塔裡會有不知道是誰準備的火把，或是空無一物卻很明亮的地方。我當時還很想問：「是誰準備了火把或蠟燭？」也忍不住吐槽：「為什麼空無一物的地方會這麼明亮？」

所以，我也不禁想吐槽：「照亮這座金字塔內部的光線到底是怎麼來的？」

不論如何，光線充足總是好事。

我們一語不發地往前走。裡面比我想像中還要漂亮。雖然這麼說好像有點白目，可是來到這種地方讓我很興奮。

「好像沒有魔物呢。」

「是呀，外面的魔物那麼多，我還以為裡面也有。」

沒有魔物當然最好。

「所以，只要把卡麗娜帶到深處就行了吧。」

「話說回來，為什麼要帶卡麗娜一起去啊？」

「托亞，你都沒在聽嗎？她的魔力能感應到遺失物，替我們指引方向。」

「那是魔導具之類的東西嗎？」

「是的，那是非常重要的東西。」

「好吧，既然能知道方向，找起來就簡單多了。」

我們告訴傑德先生等人，要找的東西是一種魔導具。有點像在說謊的感覺讓人不太舒服，可是這也沒辦法。不過，這其實也不算說謊，水晶板確實是魔導具沒錯。

我們在長長的通道上前進。這條路似乎會漸漸通往下方。

走了一陣子，我們來到一處看似巨大圓形競技場的地方。

「這裡是？」

「從這裡開始，路線會分成通往地下的通道和通往金字塔上層的迷宮階梯。可以請大家看看那座階梯的上面嗎？」

我們望向卡麗娜所說的方向。

通往地下的通道旁，有一座往上延伸的階梯。上面不是觀眾席，而是看似入口的洞，大小差不多能讓一個人通過。

不過，問題在於入口不只一、兩個。二樓的區域有無數個入口排列成環狀，數量說不定有上百個。

「那就是迷宮的入口。」

「該不會全部都是吧？」

「是的。」

呃，一開始就遇到難關了。而且，聽說裡面的路線每天都會改變。

連繪製地圖都沒用。如果我在遊戲中遇到這種迷宮，一定會貼上爛遊戲的標籤。沒有什麼遊戲比強人所難的遊戲更無聊了。

因此，我們一定要找到水晶板的地圖才行。

# 335 熊熊前往金字塔地下

「話說回來，即使早就聽說了，這個數量還是很驚人呢。」

梅爾小姐看著無數的迷宮入口。

數量確實很多。如果有遊戲推出這種迷宮，一定會招來大量的惡評。我敢說官方會在網路上被玩家罵翻。

「看到這個樣子，沒有人會想挑戰這座迷宮吧。」

「而且聽說幾百年前就已經有人走完這座迷宮了，所以更不會有人想挑戰。雖然也有人說裡面還留有寶物，但誘因實在太少。如果走完迷宮還是一無所獲，那就白跑一趟了。沒有笨蛋會想挑戰機率這麼低的事。」

就算走完這麼複雜的迷宮，如果什麼寶物也沒有，就只是浪費時間，的確沒有任何好處。

我也不會為了不確定的事而浪費勞力。

「優奈，我們去附近稍微調查看看，妳等我們一下。」

傑德先生等人為了確認安全，先去巡視周圍。我已經用探測技能確認過，這個樓層並沒有魔物。去礦山打魔偶的時候，我發現只要有樓層之分，探測技能就只會對同樓層的魔物有反應。所

以，就算正下方有魔物，我現在也無從得知。

「話說回來，真虧卡麗娜的祖先能突破這種迷宮呢。」

我仰望無數的入口。

卡麗娜的祖先真是太厲害了。光是願意挑戰這種超難迷宮，他們的勇氣就令人敬佩。

如果是我來走迷宮，說不定會破壞通道，用強硬的手段找出終點。當然不保證能讓金字塔維持原樣，甚至很有可能讓它面目全非。如果只是要找到寶藏，這麼做應該也無所謂。

「我聽說那支隊伍有一位名叫穆穆祿德的精靈，對攻略迷宮的過程有非常大的貢獻。」

「穆穆祿德？」

一個有點耳熟的名字出現了。

……嗯～到底是在哪裡聽過呢？

「據說一路上的陷阱是一位名叫寇迪爾科的矮人解除的。當然了，聽說我的祖先對攻略迷宮也有貢獻。」

我沒聽過叫做寇迪爾科的矮人，卻在哪裡聽過穆穆祿德這個名字。到底是哪裡呢？

我很確定自己曾經聽過。

嗯嗯嗯嗯……我的嘴角下垂，陷入苦思。

「怎麼了嗎？」

「沒有啦，我只是覺得穆穆祿德這個名字聽起來很耳熟。」

「穆穆祿德大人嗎？會不會是他在其他迷宮也留下了什麼事蹟呢？」

我覺得不是。關於其他冒險者的傳說或軼聞，我根本一無所知。我應該是在其他地方聽到的。

說到精靈，我就想到莎妮亞小姐，另外還有露依敏。她們的母親是塔莉雅小姐，父親是……

「……啊！我想起來了。」

我輕敲自己的手心。

是爺爺。

莎妮亞小姐的爺爺是精靈村落的村長，名字就叫做穆穆祿德。終於想起這件事，我覺得心情很舒暢。

我也不是忘了，只是一時想不起來而已。不論是誰都會有想不起一、兩個名字的時候。

我就像是對別人找藉口一樣，這麼說服自己。

「優奈小姐，妳想起什麼了嗎？」

「那位名叫穆穆祿德的人是精靈對吧。」

「是的。」

「他是男性嗎？」

「對，我聽說是男性。」

「我搞不好認識那位精靈。」

「咦……」

卡麗娜露出難以置信的表情。

聽到我說自己認識幾百年前走完這座迷宮的人，她當然會驚訝了。

「我認識一個名字叫做穆穆祿德的精靈，他目前在精靈村落當村長，也有孫子了，所以我覺得年齡應該相符。」

我記得他應該已經幾百歲。

雖然也有可能是同名同姓又同種族的別人，但很有可能是本人。

反正我有熊熊傳送門，下次去問問他好了。

如果他還記得，說不定能聽聽當年的故事。前提是穆穆祿德先生還記得的話。畢竟是幾百年前的事，他有可能已經忘了。

「下次見面的時候，我會問問看的。如果是真的就太厲害了。」

我這麼說的時候，卡麗娜的表情好像一瞬間沉了下來。可是我再看一次的時候，她用笑容答道：「好的，那就拜託妳。我也很想聽聽當時的事。」

她剛才的陰鬱表情應該是我的錯覺吧。

過一陣子，去附近巡視的傑德先生等人回來了。

「似乎沒有什麼特別危險的地方。」

「那麼，我們要往下走對吧。」

我們的目的並不是走完迷宮，而是找到掉在地下的水晶板。

所以，我們要往地下前進。

我們為了尋找水晶板，沿著階梯往下走。

地下並不是金字塔那種人工打造的空間，而是自然形成的洞窟。階梯連接著一個寬敞的空間，有藍白色的光源照亮了洞窟內部。看來這裡也不需要使用光魔法。

我放眼望去，看到類似鐘乳石的柱子。要是把柱子打壞，洞窟會崩塌嗎？

如果要使用魔法，我可得小心一點。

「所以，我們要往哪裡走才對？」

所有人都望向卡麗娜。接下來的路程需要卡麗娜來帶路。

卡麗娜閉上眼睛幾秒，然後緩緩睜開眼睛。

「在那邊。」

卡麗娜指向前方。

「可是，感覺好像是在下面。」

「也就是說，我們得繼續往下走吧。」

就跟卡麗娜先前講的一樣。

我有點想挖洞。如果能知道方向和距離，就能做出直線通往目的地的土管，像玩溜滑梯一樣

直接溜過去。

我把這招當成最終手段，暫且朝卡麗娜所指的方向前進。

我使用探測技能，發現這裡有不知道從哪裡跑進來的沙漠野狼和沙漠蠕蟲的反應。

反正我們這裡有傑德先生等人，這些魔物沒什麼好怕的。

「優奈小姐，我們真的能找到嗎？」

「只要妳告訴我們方向，一定找得到。」

我這麼回答一臉不安的卡麗娜。萬一遇上困難，我還有土管那一招。

「竟然連一隻魔物都沒有。」

再往前走一段路就有了。

這附近是大型的洞窟，因為是自然形成，所以表面是裸露的岩石，上面還有一些小洞。

「對了，我聽說有冒險者會來狩獵魔物，這裡有人嗎？」

「應該會在這前面吧。」

梅爾小姐看著一張紙，這麼回答傑德先生。

「這前面好像有個地方會有魔物掉下來。」

「掉下來？什麼意思？」

「我也不知道，是在冒險者公會聽說的。因為有魔物會掉下來，所以那邊是冒險者的狩獵場。」

我們要走的方向正好和魔物會掉下來的地方相同，於是我們繼續前進。

「從地圖看來，應該就在前面。」

走在最前方的傑德先生突然往側邊伸出手，示意我們停下來。

「有沙漠蠕蟲。」

我拜託熊急保護卡麗娜，在熊緩背上觀望情況。

的確有沙漠蠕蟲。我們看到大約十隻沙漠蠕蟲正在前方蠕動。

可是，因為地面不是沙子，所以牠們似乎無處可躲。

「話說回來，為什麼會有魔物掉下來呢？」

梅爾小姐這麼低語的瞬間，有東西從天而降。

是沙漠蠕蟲。沙漠蠕蟲掉下來了。牠們該不會是鑽進沙子裡才掉下來的吧？

我們往上看，可是頂端相當高，看不到上面是什麼情況。掉下來的沙漠蠕蟲一落地便像是什麼都沒發生似的，在地上不停蠕動。

「真的有沙漠蠕蟲掉下來。」

「不過，這裡好像不只是冒險者的狩獵場呢。」

一群沙漠野狼從深處現身。

「牠們好像以為我們是要來搶獵物的。」

「卡麗娜，遺失物在哪裡？」

聽到傑德先生這麼問，卡麗娜指向沙漠野狼所在的方向。

「既然如此，只能打倒牠們再前進了。」

傑德先生這麼說，所有人都舉起武器。

「梅爾，沙漠蠕蟲可以交給妳嗎？」

「只要別鑽進沙子裡，牠們就跟標靶沒有兩樣。」

「那麼，沙漠野狼就由我、托亞和瑟妮雅三個人來對付。」

「呃，那我呢？」

「優奈負責保護卡麗娜就行了。那就是妳的工作。區區的雜兵魔物，交給我們處理就好。」

說完，傑德先生等人出發去對付沙漠蠕蟲和沙漠野狼，梅爾小姐則在安全的距離外施展魔法，打倒沙漠蠕蟲。

結果，傑德先生等人在轉眼間就打倒了沙漠野狼。順帶一提，梅爾小姐正在戰鬥時，仍然有其他沙漠蠕蟲繼續掉下來。

這裡搞不好是能無限取得素材的好地方。

打倒魔物的我們往深處前進。

稍微往下走再前進一陣子，我們便遇到岔路。所有人都望向卡麗娜。

「我感覺到是這邊。」

我們按照卡麗娜的指示前進。每次遇到岔路，梅爾小姐就會在地圖上做記號。

我們走進下坡，繼續往下前進。傑德先生等人會處理偶爾遇到的魔物。可以偷懶真好。我只是騎在熊緩背上輕鬆前進而已。

走在前方的傑德先生停了下來。

「橋壞了。」

不知道是誰用木材和繩子搭起的橋已經損毀一半。下面是懸崖嗎？

梅爾小姐看到損壞的橋，往下一望。這個瞬間，她稍微縮回身體。

「還真是噁心。」

看到橋下的梅爾小姐這麼說道。我感到好奇，於是也往橋下一看。

嗯，我看了也覺得很後悔。橋下有一堆沙漠蠕蟲正在蠢蠢欲動，看起來就像為了當釣餌而裝在水桶裡的蚯蚓。我湧起一股用魔法燒光牠們的衝動。只要放出熊熊火焰，一定能燒得很旺盛。

正當我這麼想的時候，有沙漠蠕蟲從上面掉下來，加入釣餌的行列。原來牠們就是這樣愈變愈多啊。

難道聚集在沙漠裡的沙漠蠕蟲都會掉到這裡來嗎？

「看來就是因為沙漠蠕蟲掉下來，橋才會壞掉。」

「怎麼辦？」

「我來搭橋吧。」

我從熊緩背上爬下來，用土魔法做出一座橋。我還附贈了天花板。如果有魔物從上面掉到橋

上，那就太擋路了。

「妳的魔力真的很多呢。」

「這都是多虧了熊熊的庇佑。」

密技，什麼都推給熊熊的庇佑。懶得說明的時候，用這招最快。

搭了橋以後，我們不理會下方的沙漠蠕蟲，繼續前進。

「卡麗娜，不可以往下看喔。」

「嗚嗚，太遲了，我已經從熊急背上看到下面的景象。一想到萬一掉下去會怎麼樣，我就覺得好可怕。」

要是掉進那種擠得像一大堆釣餌的蟲子堆裡，我也有自信會立刻發狂。我絕對不要掉進裡面。

「竟然會怕那麼一點小蟲，妳們果然是小孩。我是成熟的大人，一點都不怕。」

走在前面的托亞把我們當成小孩子看待。

我可以把他推下去嗎？可以吧？我可以稍微推一下他的背部吧？

正當我這麼想的時候——

「嘿！」

瑟妮雅小姐推了托亞的背部一下。

「嗚哇啊啊啊啊！」

托亞失去平衡，搖來搖去。

「我、我要掉下去了！」

下面的沙漠蠕蟲都張開嘴巴等著托亞。

托亞好不容易才恢復平衡，沒有從橋上掉下去。

嗯～真可惜。

「真可惜。」

瑟妮雅小姐的發言和我的心聲重疊了。

「可惜個頭啦，要是我掉下去怎麼辦！」

「托亞是成熟的大人，就算掉進一堆蠕蟲裡也沒問題。」

「大有問題好嗎？掉下去會死人的耶。」

「我還以為你喜歡蠕蟲呢。我是小孩子，所以比起那種噁心的蟲子，我比較喜歡這種毛茸茸的熊。」

瑟妮雅小姐抱住熊緩。

這次我也贊同瑟妮雅小姐的想法。梅爾小姐和卡麗娜也都對瑟妮雅小姐說的話連連點頭。

「傑德～」

托亞向傑德先生求助。

「比起蠕蟲，我也比較喜歡優奈的熊。」

連傑德先生都拋棄了托亞。

我們丟下沮喪的托亞，繼續前進。

看來大家都覺得他很麻煩。

「等、等一下啦～」

托亞哭哭啼啼地追了上來。

# 336 熊熊和毒蠍戰鬥

我們經過下方有一大堆沙漠蠕蟲的橋，繼續前進。

「話說回來，這裡比想像中還要寬廣呢。」

遊戲裡的迷宮幾乎都這麼大，現實或許就不同了吧。但要是這裡有地下一百樓，我就要抓狂了。如果真的那麼深，我一定會挖洞。不，就算只有一半的深度，甚至是四分之一，我也會挖洞。

「已經很接近，就快到了。」

卡麗娜閉上眼睛這麼說。我們相信卡麗娜所說的話，按照她的指示往前走。

我們已經來到相當深的地方。

「這裡是？」

前面是一片沙地。我們明明來到地下深處，卻有沙子從上方飄落。我用熊熊地圖確認，發現正上方好像不是金字塔，位置稍微往旁邊偏了一點。這些沙子是從沙漠掉下來的嗎？

「好像有什麼東西。」

傑德先生望著沙地。

我也同意傑德先生的看法，用探測技能確認，便看到沒有見過的魔物名稱。這種魔物叫做毒蠍，也就是蠍子型的魔物。

「優奈，看得出來嗎？」

梅爾小姐問道。正確來說，她問的是熊緩而不是我。

其他人以為我能找到魔物都是多虧有熊緩。

所以，我也假裝是這麼一回事。

「熊緩，看得出來嗎？」

「咿～」

擅長演戲的熊緩發出煞有介事的叫聲。

我朝有毒蠍反應的地方發射空氣彈。於是，體型跟野狼相當的深色蠍子便從沙子裡跑了出來。

為什麼會有這麼大的蠍子？奇幻世界就是這一點嚇人。

傑德先生等人立刻舉起武器，毒蠍卻鑽進沙子裡。

「優奈的熊真厲害。」

「不過，毒蠍很棘手呢。」

「怎麼辦？要直接衝過去嗎？」

「不，那樣太危險了。」

傑德先生搖頭否決托亞的意見。

毒蠍就躲在沙子裡。我不知道這個世界如何，但遊戲裡的毒蠍比蠕蟲還要聰明，經常會等到獵物靠近才發動攻擊。等到獵物靠近，牠們會用尾巴的毒針麻痺獵物，使其昏厥後再吃掉獵物。

我用探測技能確認，發現毒蠍零星分布在相當廣的範圍。

雖然能像對付蠕蟲時一樣，把牠們挖出來，但傑德先生等人不一定能像面對蠕蟲時一樣輕易打倒牠們。要是花太多時間對付一隻，其他的毒蠍可能會聚集過來。

「傑德先生，如果我把牠們挖出來，你們能輕鬆打倒嗎？」

「抱歉，我們沒有跟毒蠍戰鬥過。因為牠們在沙漠也只棲息於特定區域，所以很少能遇到。根據我聽說的情報，牠們的甲殼很硬，雖然我和瑟妮雅的祕銀武器能貫穿，但托亞的劍就無法輕易打倒了。」

換句話說，這次托亞派不上用場。

托亞好像想說些什麼，卻又閉上嘴巴。

「而且，如果瑟妮雅靠近到小刀能觸及的距離，有可能會被尾巴的毒針刺到。」

用小刀的話，要到觸手可及的距離內才能攻擊對手。而且，我在電視上看過蠍子活動尾巴的樣子，動作很快。

「梅爾小姐的魔法呢？」

「抱歉，我沒有對毒蠍用過，不知道有沒有效。」

梅爾小姐說她不知道魔法是否有效。換句話說，目前只有傑德先生算得上戰力。

「不過，牠們的弱點是水，我或許幫得上忙。」

「弱點是水？」

「是啊，聽說對毒蠍潑水的話，牠們會僵直一瞬間。趁這機會攻擊毒蠍就是最有效率的狩獵方式。」

「另外，牠們的腹部比較脆弱。」

瑟妮雅小姐補充了弱點。

所以要把在地面上爬行的蠍子翻過來啊。

嗯～該怎麼辦呢？

「請小姑娘搭橋不就好了嗎？」

「毒蠍還會發射毒針，很危險的。」

梅爾小姐駁回托亞的主意。

那樣的話，只要做出有牆壁的橋就行了。可是這次的距離相當遠。要做也是可以，但考慮到突發狀況，我還是想打倒牠們。畢竟有可能在前進後又遭到夾擊。

毒蠍的特徵是碰到水會僵直，而且腹部比較脆弱，會躲在沙子裡，還會發射毒針。

嗯～該怎麼辦呢？

「我一個人去解決牠們。」

經過一番煩惱，我對大家這麼說。

「優奈小姐！」

「優奈！」

「太危險了！」

所有人都對我的提議發出驚呼。

「要是不打倒牠們，卡麗娜就不能放心通過了。」

「那也用不著一個人去呀。我們也會幫忙的。」

「是啊，那不是我們打不贏的魔物。」

「沒關係，不用了，我會快快打倒牠們。」

大家的好意我心領了。

我知道傑德先生等人的發言並不是客套話，可是，對付毒蠍還是很危險。要是他們在我眼前受傷，我會非常過意不去。

「妳說得倒是很簡單，但真的沒問題嗎？」

「我有想嘗試的戰術，如果不行，會再思考別的方法。」

乖乖搭橋也是一招。

「優奈小姐，請妳一定要小心。」

卡麗娜一臉擔心地看著我。

「我馬上就打倒牠們，然後回來找妳。」

我往沙地踏出一步，毒蠍便靜靜地開始移動。只有探測技能可以找到牠們。毒蠍為了捕捉獵物，靜靜地移動著。

我從熊熊箱裡取出以前剛到克里莫尼亞的時候買的便宜鐵製小刀。

我對小刀灌注魔力，然後擲向躲藏在沙子裡的毒蠍。沙子裡的毒蠍被小刀刺中，從沙子裡鑽出來。一把小刀好像無法造成致命傷。我對牠的頭部擲出另一把小刀，頭部被小刀射中的毒蠍一命嗚呼。

「優奈，就算離開熊緩身邊，妳也能知道毒蠍的位置嗎？」

「我和熊緩與熊急一直都是心靈相通的。」

我這麼一說，熊緩和熊急便同時叫了一聲。

不論如何，我發現只要對小刀灌注魔力，便宜貨也能刺進堅硬的甲殼。

水？腹部？弱點？這跟那是兩回事。

只要能打倒就行了。

可是，我把插在毒蠍上的小刀拔出來後，發現刀身已經被磨壞了。看來只能用一次就得丟掉。

小刀似乎無法承受我的魔力。

反正這本來就是買來當作消耗品的，以前也一直沒派上用場，所以無所謂。

而且如果隨便使用魔法，被其他毒蠍發現的話，牠們可能會聚集過來。萬一把牠們引來，可能會讓附近的卡麗娜暴露在危險中。

所以，這次我決定使用小刀，安靜地一隻一隻打倒。

我邊走邊對躲在沙子裡的毒蠍擲出蘊含魔力的小刀。我買了一百把，數量應該足夠。

我拿出小刀，灌注魔力，用探測技能確認，朝毒蠍投擲，然後重複同樣的步驟。

大概用兩到三把小刀就能打倒一隻。只有毒蠍的尾巴需要注意。

有時候會遇到對我發射毒針的毒蠍，但我會提早準備施放土魔法，所以沒有死角。

可是，還剩最後一隻的時候，用完即丟的小刀耗盡了。

我只好拿出祕銀小刀，灌注魔力並朝最後一隻投擲。

毒蠍被這一擊打中便停止活動。

哦，威力提升了。不愧是身為矮人的加札爾先生打造的祕銀小刀。就算拔出來，刀身也沒有任何缺損，依然完好。

雖然拿便宜小刀來比未免對加札爾先生太失禮了，我還是不禁讚嘆。

打倒所有魔物的我邊回收毒蠍，邊走回傑德先生等人所在的地方。

「結束了。」

我回來的時候，托亞和熊緩朝我跑過來。

咦，怎麼了？

「危險！」

我立刻往旁邊退避兩、三步，躲開作勢抓住我的托亞。

他在做什麼？

我的疑問馬上就得到了解答。

托亞衝過我剛才所站的位置時，正好有一隻毒蠍從上面掉下來。

我嚇了一跳，所以反應慢一拍，可是趕到我身邊的熊緩用左腳踩住毒蠍的身體，用右腳踩住牠的尾巴。

「熊緩！」

我立刻回神，用熊熊玩偶手套握住的祕銀小刀把毒蠍的尾巴切斷，然後刺穿牠的身體。毒蠍就此一動也不動。

我冒出冷汗。剛才的情況讓我不禁緊張得流出不舒服的汗水。

我看了托亞一眼，發現他一頭栽進沙子裡。

「呃，托亞，你沒事吧？」

「嗯，我沒事。」

我擔心地發問，托亞便帶著沾滿沙子的臉站了起來。

「那個，謝謝你。」

如果托亞沒有提醒我，我或許會被毒蠍的攻擊打中。

可是，熊緩用「才不是呢，是我保護妳的」的表情看著我。

「熊緩，我也要謝謝你。」

我摸摸救了我的熊緩的頭。

如果只摸熊緩，熊急會鬧彆扭，所以我也摸摸熊急。

「熊急也是，謝謝你保護卡麗娜。」

「優奈，妳沒事吧？」

梅爾小姐朝我跑來。

「我沒事，多虧有托亞提醒我。」

「不過托亞，真虧你能發現呢。」

「嗯，我看著小姑娘的時候，發現上面好像有什麼聲音。我好奇地抬頭一看，正好看到毒蠍掉下來。我絕對不是因為羨慕小姑娘手上的祕銀小刀才看著她的喔。」

最後一句才是真心話吧。

可是，我確實是因此才得救。

「順帶一提，我的反應比那隻熊還要快。」

托亞得意地這麼說，熊緩便發出不甘心的叫聲。

雖然托亞說得沒錯，但也太幼稚了。剛才的感謝之意因此消失。

要不是有這句話，我對他的好感度就能提升了。

「對了，優奈，那把小刀是……」

不只是托亞，連瑟妮雅小姐都對我的祕銀小刀很感興趣而詢問。

「上次看瑟妮雅小姐用小刀戰鬥的樣子，我就訂做了祕銀小刀。」

聽我這麼說，瑟妮雅小姐稍微紅了臉，露出高興的表情。

因為瑟妮雅小姐的二刀流很帥嘛。

本來我只打算替菲娜訂做肢解用的小刀，可是，我拿到比想像中更多的祕銀，所以也訂做了戰鬥用的小刀。

「可以讓我看看嗎？」

我把祕銀小刀交給瑟妮雅小姐。

從刀身到刀柄，瑟妮雅小姐仔細觀察每個細節。

「好漂亮。而且以武器而言，這把小刀的品質非常好。」

「我是去王都向一位叫做加札爾先生的矮人訂做的。有機會的話，瑟妮雅小姐也可以請他鍛刀喔。」

「加札爾……」

我一說出加札爾先生的名字，瑟妮雅小姐便像是要尋找什麼，仔細凝視祕銀小刀。

「……找到了。」

「找到什麼？」

瑟妮雅小姐用纖細的手指指出接近刀柄的刀身部分。

上面刻著一段文字。

「刀匠加札爾先生會在認真打造的武器上刻名字。據說加札爾先生很少會在武器上刻名字，真令人羨慕。」

原來是這樣啊。加札爾先生從來沒提過這件事，我都不知道。他明明可以跟我說一聲的。

「而且還有熊的徽章。」

「那是加札爾先生很閒才順便刻的。」

「太誇張了。」

這可不是我要求的，是加札爾先生說我一直都不去取貨，他才會閒得多刻了這個東西。

「可惡，等這份委託結束，我也要去王都訂做祕銀之劍。」

托亞，這種發言聽起來很像死亡預兆……

不管怎麼樣，打倒毒蠍的我們繼續前進。

據卡麗娜所說，似乎就快到了。

# 337 熊熊找到水晶板的位置

「就在這前面，已經很近了。」

卡麗娜在熊急背上高興地說道。

只要順利取回顯示地圖的水晶板，再利用它更換水魔石，委託就完成了。

「狩獵沙漠蠕蟲的時候，我還有點擔心，結果這份工作還挺輕鬆的嘛。」

走在前頭的托亞這麼說。

「你在說什麼呀，解決沙漠蠕蟲和搭橋都是優奈的功勞吧。」

「打倒毒蠍的人也是優奈。」

「辛苦的工作全都是優奈完成的。」

「是沒錯，但我們也有戰鬥吧。」

「因為你說這份工作很輕鬆，所以我只是想告訴你，要是沒有優奈就辛苦多了。」

「如果有祕銀之劍，我也可以打倒毒蠍啊。」

「是啊，就像剛才托亞說的，回到王都就去買祕銀之劍吧。這樣可以提升隊伍的整體戰力。」

「說得也是。如果托亞有了祕銀之劍，便能減輕傑德的負擔。」

「我沒意見。」

上次對付魔偶的時候，其他人還說「太早」，不過托亞似乎已有所成長。

大家都同意了，我還以為托亞會很高興，他卻露出尷尬的表情。

「托亞，你怎麼了？」

「……我沒有錢。」

「喂！」

連我也想吐槽了。托亞剛才明明說要買，竟然沒有錢嗎？

我忍不住想對他說教一個小時。

「真是不敢相信。」

「托亞有夠廢。」

「所以我不是常常叫你存錢嗎？」

「還不是因為大家都說太早了……」

托亞試圖辯解，傑德先生卻拍了一下他的背。

「我可以幫你出一點錢。」

「傑德！」

聽到傑德先生這麼說，托亞很高興。

傑德先生人真好。

看到他們倆這個樣子，梅爾小姐嘆了一口氣。

「真拿你沒辦法。既然如此，我就借你錢吧。」

梅爾小姐用傻眼的表情這麼說。

「要跟我借也行，但如果你不還，就準備吃我的祕銀小刀吧。」

瑟妮雅小姐拔出小刀，亮給托亞看。

「嗚嗚，謝謝你們。」

雖然大家都會捉弄托亞，但其實還是一支感情很好的隊伍呢。

我打倒祕銀魔偶（虛有其表）所拿到的祕銀礦石還有剩。不論是這次還是對付魔偶那次，傑德先生等人都幫了我不少。所以，我也可以贈送一點祕銀礦石給他們，但看來好像沒有必要。

托亞很高興地對大家道謝，大家也都面帶微笑看著他。我不必多此一舉。

如果能平安無事地找到水晶板，便如同托亞所說，比想像中更輕鬆地完成委託。

我們沿著坡道往下走。

「就在前面。」

如果沒有騎著熊急，卡麗娜可能會迫不及待地往前跑。我們走完斜坡，進入一條筆直的通道，經過這條路之後，來到一處寬敞的地方。

「這裡是……」

廣大的空間在我們眼前擴展開來。

我們所在的位置是這個空間的上方，而當我們往下看，所有人都對眼前的景象目瞪口呆。

「這是什麼情況……」

我們眼前有一大群毒蠍。而且，毒蠍群的中央還有大得令人不相信的巨大毒蠍。

牠全身都包裹著堅硬的甲殼，還有能輕鬆夾斷人體的大螯，正搖晃著粗壯的尾巴。

體型與野狼相當的毒蠍在牠旁邊都像小蟲子。光是軀幹的部分就足足超過十公尺。最嚇人的是牠的顏色，漆黑的色澤讓人不禁感到恐懼。

「那隻超大的毒蠍是怎麼回事？」

「好大。」

「這是在開玩笑吧。」

「我曾聽說過，但這還是第一次親眼見到。」

傑德先生等人也都很驚訝，然後靜靜地觀察，以免被發現。

我使用探測技能確認，上面顯示著「毒蠍」。真是夠了。

牠的體型跟其他毒蠍不同，這種時候應該標示為大毒蠍，或是按照顏色標示成暗毒蠍或是黑毒蠍吧。如果是老大的話，叫做毒蠍王也可以。

「我們再厲害也沒辦法打倒牠。」

「而且，周圍的毒蠍很礙事呢。這樣根本無法正常戰鬥。」

「沒必要跟牠戰鬥。如果東西掉在地上，偷偷撿起來就行了。」

瑟妮雅小姐說得沒錯。我們的目的是尋找水晶板，不是打倒毒蠍。

沒有必要打倒那群三十隻以上的毒蠍和巨大毒蠍。

「那麼卡麗娜，我們要找的東西在哪裡？」

傑德先生問道。

如果東西掉在這附近，我們就得想辦法撿回來。希望是掉在沒有毒蠍的地方。

卡麗娜閉上眼睛，尋找水晶板的位置。

然後，她緩緩睜開眼睛。

「……不會吧，怎麼會這樣？」

卡麗娜小聲低語。

「怎麼會……好不容易才來到這裡。」

她從熊急背上爬下來，用難以置信的眼神看著巨大毒蠍。

「卡麗娜，妳怎麼了？」

「優奈小姐……」

卡麗娜用泫然欲泣的眼神看著我。

「水、水晶板……在那隻大型魔物的體內。」

「……不會吧？」

「我們無法打倒牠啊。」

聽到卡麗娜說的話，傑德先生和托亞都望向巨大毒蠍。

「趁機撿回東西和打倒牠是兩回事。」

瑟妮雅小姐說得沒錯。如果只是掉在地上，還能靠我或梅爾小姐用魔法吸引魔物的注意，然後趁機把水晶板撿回來。可是，東西如果在毒蠍的體內，就只有打倒牠一途。

「如果要打倒牠，就得召集更多冒險者，或是委託更高階的冒險者。」

「梅爾小姐，你們也打不贏牠嗎？」

我這麼一問，梅爾小姐稍微陷入思考。

「嗯～很困難呢。賭命戰鬥的話，或許有可能打贏。不過那樣一來，我們就得做好犧牲的覺悟。如果要跟牠打，可能會有人死；就算沒死，大概也會受重傷吧。」

「不過，前提是附近沒有其他毒蠍。那些小毒蠍很礙事。」

對於梅爾小姐的發言，瑟妮雅小姐補充了條件。

那些小毒蠍（跟野狼差不多大，所以對我來說並不小）的確很礙事。要是發生戰鬥，牠們一定會發動攻擊。

即使先打倒小毒蠍，數量也很多，而且大毒蠍不可能坐視不管。

「還是暫時回頭，徵詢巴利瑪先生的意見比較好。」

「是呀，我們應該避免高風險的戰鬥。」

「暫時回頭比較好。」

「要是我有祕銀之劍就好了。」

托亞應該是為了緩和氣氛才這麼說，卻沒有人吐槽他的自言自語。

卡麗娜緊盯著巨大毒蠍。

嗯～有什麼方法能打倒牠呢？

瑟妮雅小姐說得對，小毒蠍很礙事。

如果沒有小毒蠍，我就能跟大毒蠍單挑。要先從上方攻擊小毒蠍，解決牠們之後再戰鬥嗎？

我正在思考如何打倒大毒蠍的時候，大家都一致同意回頭了。

「卡麗娜也可以接受吧？」

「……是。」

卡麗娜緊咬下唇，不甘心地小聲回應。

因為卡麗娜也同意了，大家正準備走回頭路，但我停在原地不動。

「優奈小姐？」

「卡麗娜，妳先和傑德先生他們一起回去吧。」

我這句話讓所有人都露出驚訝的表情。

「優奈，妳該不會是打算跟牠戰鬥吧？」

「毒蠍和沙漠蠕蟲不一樣。牠的甲殼很硬，動作也很快，很危險。」

「這種時候不該逞強，先和巴利瑪先生談談也不遲。」

所有人都試圖勸退我。可是，我們要找的東西就在眼前。就算召集迪賽特城所有的冒險者，我也不覺得能打贏那隻巨大毒蠍。要從王都或其他國家請強者過來，也得花一段時間。最重要的是，擁有熊熊外掛的我就在這裡。現在不戰鬥，要等到什麼時候？

我把手輕輕放在卡麗娜的頭上。

「優奈小姐……」

「別擔心，我一定會拿到水晶板。」

卡麗娜反覆搖頭。

「不可以，太危險了。已經夠了，我會向父親大人說優奈小姐有遵守約定，確實帶我來到這裡。不管優奈小姐有多強，都不可能打贏那麼危險的魔物。」

「不對，我的工作是拿回水晶板，然後跟妳一起回去。」

「優、優奈小姐……」

卡麗娜用嬌小的手捏緊我的熊熊服裝。

我把手放在卡麗娜的頭上，然後看著傑德先生等人。

「卡麗娜就拜託你們了。」

「妳真的打算戰鬥嗎？」

「既然如此，我們也一起戰鬥。」

「梅爾小姐，你們的工作是護衛我和卡麗娜到遺失物掉落的地點吧。你們已經達成任務了，接下來是我的工作。」

「既然這樣，優奈也應該一起回去。」

「就是呀，不管那東西有多重要，妳都沒必要在這裡賭命戰鬥。」

瑟妮雅小姐和梅爾小姐一臉擔心地阻止我。

我並沒有打算賭命戰鬥。因為有熊熊外掛，我才會戰鬥。而且在這裡怯戰的話，我就不配自稱前玩家了。

「如果沒有勝算，我會乖乖逃跑的，放心吧。」

「妳真的不會勉強？」

「要是我有什麼萬一，卡麗娜會很自責的。」

我再次輕拍卡麗娜的頭。

「優奈小姐……」

「……好吧，我們會負起責任帶卡麗娜回到地面上。所以優奈，妳也要平安回來喔。」

梅爾小姐，請不要說得我好像是要去送死的樣子。

我可不想要這種死亡預兆。

我不會死的。如果真的沒轍，我會乖乖放棄並逃走。

「熊急，卡麗娜就拜託你了。」

「咿～」

熊急靠過來磨蹭我。

「今天我們一起睡吧。」

「咿～」

熊急移動到卡麗娜身邊，然後坐下。今天的熊急很聽話，回去之後，我一定要多多陪牠玩。

「妳千萬不可以勉強。」

「我不會的。」

大家走回原本的通道後，我用土魔法做出牆壁，堵住入口。

『優奈！』

『優奈小姐，為什麼要把這裡堵起來！』

卡麗娜大叫的聲音從牆壁的另一頭傳來。

「要是毒蠍從這裡跑去追你們，那就糟了。」

要是注意到我，毒蠍可能會爬到這裡來。那樣的話，甚至有可能演變成前後夾攻的狀況。

這麼做最大的目的是防止卡麗娜和傑德先生等人又跑回來。我不知道戰鬥會演變成什麼情況，但有可能會把他們捲入洞窟崩塌的危險。我可能會用上所有外掛能力來戰鬥，可以的話，不想讓人看到這副模樣。而且，如果卡麗娜看到我戰鬥的樣子又哭出來，那就傷腦筋了。

只要把入口堵住，他們就沒辦法回來了。

『話是這麼說沒錯……』

『優奈小姐……』

卡麗娜帶著哭腔的聲音從牆壁另一頭傳了過來。

『優奈小姐……請妳千萬不要死。』

我有熊熊外掛，沒問題的。

遇上危機時還有熊熊傳送門。如果有其他人在，我反而不能用。

『小姑娘，等妳回來了，我們一起去吃好料的吧。』

「托亞，到時候你請客喔。」

『優奈，妳回來之後要再讓我騎熊緩喔。』

「只能一下下喔，梅爾小姐。」

『下次我想用小刀跟妳比賽。』

「那就請瑟妮雅小姐手下留情了。」

隔著牆壁道別的場面變得好像生離死別，請不要這樣。

我一定會活著回去啦。

卡麗娜等人從入口離去。

那麼，我就開始戰鬥吧。

# 338 熊熊和巨大毒蠍戰鬥

一個人留下的我望向巨大毒蠍。

「好，雖然留下來了，但該怎麼辦呢？熊緩。」

我向一同留下的熊緩發問。

「咿～」

熊緩露出「我怎麼知道」的表情。

我想也是。

「能用熊熊火焰燒死牠嗎？」

我試著想像。就算不能燒掉甲殼，說不定能燙傷內部。用火對鍋子加熱，熱能就會傳導到內部。如果能將熱能傳導到內部，說不定能燙傷裡面的東西。

我看著熊緩，牠便叫了一聲，然後微微搖頭。

為什麼呢？

熊緩挺起上半身，用前掌觸摸自己的肚子。

「你肚子痛嗎？」

「咿～」

熊緩搖搖頭。

我好像猜錯了。

熊緩轉頭，看著巨大毒蠍。

「毒蠍？」

熊緩的肚子……毒蠍……由此可知答案是……呃……

叮咚。原來如此，我知道了。

「水晶板啊。」

我好像猜對了，熊緩發出高興的叫聲。

熊緩觸摸自己的肚子，似乎是要強調毒蠍體內的水晶板。

對喔，我不知道水晶板有多堅固。熊熊火焰的溫度相當高，我不認為水晶板能耐得住熊熊火焰的熱度。如果用熊熊火焰加熱水晶板，它可能會壞掉。不，是一定會壞掉。

可是這麼說來，電擊類的魔法也不能用了。我不知道電擊會對毒蠍體內造成什麼影響，而且電擊有可能讓水晶板碎裂。想到這裡，我發現內部破壞型的魔法都不能使用。

再來就只剩水、冰、風、土，但每一種都沒辦法造成致命傷。

戰鬥前的我還認為，使用熊熊外掛就能輕易打倒毒蠍，但考慮到牠體內的水晶板，我能使用的攻擊方法就會受到限制。

這場戰鬥或許出乎意料地麻煩。

我摸摸熊緩的頭，感謝牠提醒我這一點。

不管怎樣，我決定在挑戰大毒蠍之前先把礙事的小毒蠍處理掉。

我從數十公尺的高處挺出上半身，對正下方的毒蠍發射冰箭。

冰箭刺中毒蠍的背部，可是，牠若無其事地繼續走著。

可能是因為甲殼太硬了，或是冰箭的威力不夠，剛才那點程度的攻擊似乎不足以打倒毒蠍。

我把小毒蠍當作雜兵，但好像有點太小看牠們。

看來要用更硬、更尖、更快的冰箭才行。

被冰箭刺中的毒蠍用尾巴瞄準上方，對我射出毒針。我立刻壓低身體躲開攻擊。

趴在地上往下一望，毒蠍已經開始聚集過來。

呃，也太快了吧。

我只射出一枝冰箭而已耶。

牠們的團隊意識有多強啊。可是，待在這裡應該很安全。

當我這麼想的時候，毒蠍開始爬上牆。

不會吧。而且，牠們攀爬的速度很快。

不過，幸好我把通道的牆壁堵起來了，這樣一來，至少不必擔心毒蠍會從這裡跑去攻擊卡麗

娜等人。

我移動到爬上牆壁的毒蠍正上方。毒蠍依循本能，爬上牆壁。只要占據正上方的位置，毫無防備的頭部就等於是叫我盡情地攻擊。

我瞄準發出喀嚓聲的小嘴巴，對爬上牆壁的毒蠍射出更硬、更尖、更快的冰箭。冰箭一刺中毒蠍的嘴巴，牠便掉到地上，一動也不動。

不論是什麼生物，嘴巴都是弱點。除非被牙齒擋住，否則都能破壞體內，殺死對手。

我像在玩射擊遊戲一樣，瞄準並擊落不斷爬上來的毒蠍。雖然數量很多，但也正在確實減少。

我還以為可以靠著單純的作業讓毒蠍全滅，巨大毒蠍卻開始緩緩移動。接著，牠的頭朝向我，用黑色眼睛捕捉到我的身影。好噁心。

巨大毒蠍高高抬起尾巴，用尖端對準我。我立刻低頭趴下來。巨大毒蠍發射了幾根毒針。毒針刺中毒蠍攀爬的牆壁和我後面的牆壁，讓一部分的牆壁剝落。爬到牆壁上的毒蠍因此掉到地面上。

毒針跟我的手臂差不多粗，前端很尖銳。要是被刺中，連我也不禁擔心熊熊裝備能不能擋住。我想應該能承受住衝擊，但不知道尖銳的前端會怎麼樣。我不認為熊熊服裝會被刺破，卻無法想像被刺到會是什麼情況。就算如此，我也不打算試著承受攻擊。

大毒蠍沒有減緩攻勢，射出更多毒針。小毒蠍也鍥而不捨地爬上牆壁。好像不太妙。要一面對付小毒蠍，一面和大毒蠍戰鬥，實在太麻煩了。可以的話，我想再減少一點數量。

我繼續攻擊小毒蠍，同時呼喚熊緩。

讓熊緩待在外面很危險，所以我把牠召回。我當然不是懷疑熊緩的戰鬥能力，但不只是毒蠍的攻擊，牠也有可能被我的攻擊捲入。

可是，熊緩用有點不情願的音調叫了一聲。

「我不會有事的。」

「咿～」

我摸摸熊緩，但是牠依然抗拒。

「現在很危險，拜託你聽話。」

「咿～」

「抱歉，戰鬥結束後我再叫你。」

我召回不情願的熊緩。雖然很高興熊緩這麼擔心我，但我也一樣會擔心牠。如果熊緩有什麼萬一，我肯定會後悔莫及，而且無法原諒自己。熊緩和熊急是我最重要的家人。

召回熊緩的我一個人面對巨大毒蠍。

「好了，我就來大鬧一場吧！」

我小心大毒蠍發射的毒針，確實地打倒一隻隻小毒蠍。

於是，再也沒有毒蠍爬上牆壁。我打倒了七到八成的毒蠍。

剩下的毒蠍在地面上爬行。

我用雙手握緊熊緩小刀與熊急小刀。

我把黑色刀柄的祕銀小刀取名為熊緩小刀，把白色刀柄的祕銀小刀取名為熊急小刀。我的取名品味還是老樣子，但這是加札爾先生配合我的手套顏色製作的，因此，我也按照顏色取了名字。

我用雙手握緊小刀，從數十公尺的高處一躍而下，朝小毒蠍跑去。接著，我對地面上的小毒蠍放出水魔法。碰到水的毒蠍一瞬間僵直，我用右手的熊緩小刀切斷牠們的尾巴，然後用熊急小刀刺進牠們的頭部。

我砍死兩、三隻小毒蠍的時候，大毒蠍開始緩緩移動。牠的尾巴正在追蹤我。接著，牠一如預料地對我連續射出毒針。

「唔！」

我用力一蹬，往旁邊躲開，順勢繞著大毒蠍的右側奔跑，同時用水魔法阻止小毒蠍的動作，再用熊緩小刀與熊急小刀砍死牠們。

話說回來，幸好卡麗娜他們先回去了。

我不想被他們看到我戰鬥的樣子。

當然也不能讓他們看到外掛的力量，那樣說不定會嚇到他們。最重要的是，穿著熊熊布偶裝跟魔物戰鬥的樣子實在太詭異了，不方便給別人看。

我跑在大毒蠍周圍，逐步減少小毒蠍的數量。這段期間，大毒蠍仍然會對我發射毒針。

煩死了！

可是，不先打倒小毒蠍就有可能被偷襲。就算如此，我也不能對大毒蠍視而不見。大毒蠍伸長尾巴原地迴轉，用離心力甩動尾巴。

好快！

大毒蠍的尾巴朝我逼近。我往上跳躍，躲開攻擊。粗壯的尾巴以驚人的速度甩過我剛才所站的位置。尾巴經過的地方還有小毒蠍在，小毒蠍被尾巴打飛，撞上牆壁後一命嗚呼。

小毒蠍的屍體都被撞扁了，可見力道之大。

要是被這種攻擊打到，那可不是鬧著玩的。就算不會痛，我也不要。

可是，這樣剛好能減少小毒蠍的數量。其他小毒蠍都開始迅速逃進牆上的巢穴。

這樣好像滿幸運的？

如此一來，我就不必留意周遭，可以專心和巨大毒蠍戰鬥了。

接下來才是重頭戲。

我做出一顆大水球，朝巨大毒蠍投擲。毒蠍用迴轉的尾巴破壞水球，水花灑落在毒蠍身上，牠卻沒有停止動作。

牠似乎和雜兵毒蠍不同。

我接著對牠施放熊刃術。毒蠍用巨大的螯擋住攻擊，只留下一點傷痕。堅硬的東西果然切不開。

我接著做出巨大岩石，使其高速旋轉並丟出去，但毒蠍用一雙大螯保護臉部。岩石讓毒蠍的甲殼稍微凹了下去。

蠻力似乎有效。

可是，我擔心衝擊力會把毒蠍體內的水晶板震碎。

我太在意毒蠍體內的水晶板，因此不敢放手攻擊。

而且狹窄的空間比想像中還要難以戰鬥。沒辦法保持距離就麻煩了。

毒蠍朝我逼近，試圖用右邊的大螯夾住我。我往左側跑，避開攻擊。可是，毒蠍的巨大身體瞬間迴轉了一圈。

我跳起來閃躲，在剛才進來的入口處高台落地。

我深呼吸一次，試著思考應對方法，對手卻不給我時間。毒蠍用尾巴瞄準我，發射毒針。

身後上方的牆壁因毒針的衝擊而崩落。

稍微給我時間思考一下吧。

啊啊，好想燒了牠，好想用電擊，好想燙傷牠的體內，好想盡情攻擊。我的壓力愈來愈大，感覺就像面對一個不自量力的弱小對手，正在得意地朝我發動攻擊。

真想打斷對方的鼻梁。

我跳到地面上，站在毒蠍面前。

正眼一看，牠的臉還真可怕，好噁心。牠朝我爬過來，揮舞大螯。我往旁邊閃躲，然後往前一跳。接著，我踩踏毒蠍的頭，跳到牠背上。

這是個絕佳機會。

我對熊緩小刀灌注魔力，刺進甲殼。

很好，小刀的攻擊有效。

我用熊緩小刀和熊急小刀砍傷牠的背部。

不過，可能是因為沒有砍到體內，並沒有類似血的東西流出。大概是甲殼太厚了，小刀似乎無法觸及體內。

我是不是該收起小刀，改用比較長的劍呢？我其實很想對小刀砍傷的地方施放魔法，卻又擔心體內的水晶板會在這附近。

我正在毒蠍的背上猶豫不決的時候，尾巴朝我襲來。我用熊緩小刀橫砍，將尾巴的前端切斷。這樣一來，牠應該就沒辦法發射毒針了。

我一瞬間這麼想，尾巴的前端卻隆起，馬上有新的毒針跑了出來。

要從根部砍斷才行嗎？

好了，這下怎麼辦呢？

# 339 熊熊打倒巨大毒蠍

毒蠍用尾巴朝背上的我發動攻擊。我跳著躲開，但馬上就後悔了。尾巴像鐘擺一樣盪回來，把身處空中的我彈飛。被彈飛的我滾落到牆壁附近。

我並沒有大意，但或許還是會下意識地用玩遊戲的感覺去戰鬥吧？

如果是遊戲，就算受到傷害也能用道具補血，所以用有點逞強的方式來戰鬥也沒問題。

但這個世界並沒有回復藥。至少我目前還沒見過。

所以考量到風險，我戰鬥時必須更謹慎一點。

我用戴著熊熊玩偶手套的手撐住地面，試圖站起來。手的下方有水窪，熊熊玩偶手套因此浸到水裡。看來我好像被打飛到水窪裡了。

如果這不是神給我的熊熊布偶裝，白色的肚子就要染上黑色的汙漬了。

等等，水？

環顧四周，到處都有水窪。一開始並沒有這些東西。

大概是我施放水魔法的時候形成的水窪吧。

看來這裡的地層是岩石，不像泥土或沙子一樣會吸水。因為不易排水，所以才會形成水窪。

我想到打倒毒蠍的好方法了。

只要使用那個……只有一個會花很多時間，那就多用幾個吧。

嗯，這招應該行得通。

我做出五隻熊熊土偶。熊熊土偶在我眼前排成一列。接著，我朝毒蠍放出熊熊土偶。我沒有命令土偶攻擊，而是讓它們在毒蠍周圍奔跑，吸引牠的注意力。我趁著這段時間，沿著牆邊奔跑。

我一面沿著牆邊奔跑，一面用土魔法把牆上的洞補起來。雖然有時候會被洞裡的小毒蠍嚇到，但我依然繼續堵住洞穴。

熊熊土偶繼續在毒蠍周圍吸引牠的注意力。有些熊熊土偶被堅硬的大螯打中，或是遭到尾巴的攻擊而損壞。我雖然看到熊熊土偶被打壞，但依然繼續把牆上的洞補起來。

於是，最後的熊熊土偶被大螯夾住，剪成兩半。

就算是用土做的，看到熊被毀掉還是讓我不太舒服。

不過多虧有熊熊土偶，我才能繞行洞窟一圈。這麼一來，打倒毒蠍的事前準備就完成了。

就這麼開始進行打倒毒蠍的步驟也行，但那樣無法讓我消氣。我還沒有報牠剛才打飛我的仇，牠還毀了我的熊熊土偶。我要連本帶利討回來。

我再度做出一隻熊熊土偶，讓牠跑在毒蠍面前。毒蠍的注意力放在熊熊土偶身上時，我從死角靠近毒蠍，然後跳到正在移動的毒蠍背上。發現我跳到牠背上的毒蠍用尾巴攻擊我，但我躲開攻擊，跑到尾巴的根部。

在這裡，毒蠍就無法用尾巴或大螯攻擊我了。

我用手上的熊緩小刀朝毒蠍的尾巴根部一刺。尾巴太粗了，光是這樣還不足以切斷。我暫時拔起小刀，正要再刺一次的瞬間，毒蠍試圖用迴轉身體的方式把我甩下來。

我立刻用熊緩小刀插進牠的身體，免得被甩到地上。

毒蠍沒有停止迴轉。我再用左手的熊急小刀刺進毒蠍體內，然後往自己身體的方向一劃。尾巴的根部被我切開。

我把右手伸進小刀切開的裂縫。雖然很噁心，但還是要忍耐。

毒蠍發出「嘰嘰嘰嘰嘰」的叫聲，往反方向迴轉，試圖甩掉我。可是，我用左手的熊熊玩偶手套抓住尾巴，免得被甩到地上。

接著，我把魔力集中在右手的熊熊玩偶手套，放出熊刃術。

熊刃術，熊刃術，熊刃術，熊刃術，熊刃術。

毒蠍發出「嘰嘰嘰嘰嘰」的慘叫。然後，迴轉停止的同時，尾巴斷掉了，我也因為離心力而和尾巴一起被甩飛至牆壁。

尾巴斷掉的毒蠍用嘴巴發出高速的喀嚓聲，眼睛狠狠瞪著我。

我好像惹牠生氣了呢。

不過，總算報了剛才的仇。

其實要打第二回合也行，但考慮到水晶板的事，我決定停止攻擊。

憤怒的毒蠍站起來，用驚人的速度朝我逼近。我用熊熊鞋子用力一蹬，跳到頂端附近。

就算我已經跳走，毒蠍也停不下來，直接撞上牆壁。

看來牠已經失去理智了。

我用魔法在頂端附近的牆邊做出地面，然後著地。

毒蠍找不到我，正氣得發狂。

就算牠能找到位在上方的我，沒有尾巴的牠也不能發射毒針。

那麼，開始準備打倒牠吧。

我用土魔法擴張地面，然後拿出熊熊傳送門。數量不只一扇，而是一整排共十扇熊熊傳送門。

接著，我用其中一扇門前往密利拉鎮的熊熊屋。

好久沒去密利拉鎮了。

我沒空在這裡待太久，立刻走出熊熊屋。

走到外面，發現到處都在進行開發，有些新的建築物。不過，只有熊熊屋的周圍還很空曠。

建築物就像是刻意避開了我的熊熊屋。

我該不會被排擠了吧？

算了，現在不是思考這種事的時候。走出熊熊屋的我避免被他人看見，在山中奔跑，翻越柵欄，偷偷跑出城鎮。離開城鎮後，我沿著海岸奔跑，來到沒有人煙的地方。

來到這裡就行了吧？

我用魔法在靠近水邊的地方挖出大約兩公尺深的洞，接著在洞外做出一扇熊熊傳送門，並在洞內做出九扇熊熊傳送門。然後，我將每一扇熊熊傳送門都連接到剛才在金字塔地底下做出的熊熊傳送門。

完成後，我用洞外的那一扇熊熊傳送門回到金字塔地下。

我往下一看。

毒蠍還在生氣呢，可得讓牠冷靜一下。

我用魔法進行最後一個步驟，也就是移除熊熊傳送門和大海之間的沙子。

於是，大量海水像瀑布一樣，透過九扇熊熊傳送門流進金字塔地底下。

海水灌注到毒蠍身上。這麼一來，牠的頭腦應該也能稍微冷靜一點吧。

從上面往下看，牠別說是冷靜了，甚至發出「嘰嘰嘰嘰嘰嘰」的怒吼，看起來好像更加憤怒。

不過，這樣就結束了。我要讓毒蠍沉到海水裡面。

我本來還擔心毒蠍會爬到牆上，牠卻只在地面徘徊，並沒有試圖爬上牆壁。該不會是因為體型太大，所以牠沒辦法爬牆吧？

如果牠爬上來，我打算把牠擊落，但似乎沒有這個必要。

流入的海水讓水位漸漸上升，但應該還要再花好一段時間才能淹沒牠。

我召喚出熊緩，拜託牠幫忙監視。熊緩一出現便立刻靠過來磨蹭我，並發出「咿～咿～咿～」的叫聲，好像在生氣，也好像是在抱怨。

「抱歉讓你擔心了。」

「咿～」

「已經沒事了。」

「咿～」

我對熊緩又摸又抱，牠終於原諒我了。

我很高興牠這麼擔心我，但也希望牠能明白我的苦心。

「那麼，我要暫時休息一下，如果毒蠍有什麼動靜就告訴我吧。」

我拜託之後，熊緩發出高興的叫聲。

我靠在熊緩的肚子上，聽著像瀑布般傾瀉的海水聲，暫時休息一陣子。

我抱著熊緩躺在地上，漸漸開始昏昏欲睡。海水瀑布的聲音出乎意料地悅耳。

重點是熊緩的肚子躺起來實在太舒服了。

我半夢半醒地睡了好長一段時間，突然感覺到自己被搖晃。

怎麼了？

我睜開眼睛，看到熊緩正在搖晃我的身體。

「熊緩？」

「咿～」

熊熊傳送門依然像瀑布一樣發出「嘩啦～～～」的流水聲。我竟然能在這種地方差點睡著，是因為太累了嗎？

「發生什麼事了嗎？」

「咿～」

我站起來，觀察毒蠍的狀況。

毒蠍在洞窟底部一動也不動。牠死了嗎？

我用探測技能比對洞窟底部和偵測到的魔物位置。沒有反應。這麼一來，巨大毒蠍的狩獵就結束了。

我對通知我的熊緩道謝。

接著，為了讓海水停止，我使用熊熊傳送門移動到海岸。我用土魔法做出一道牆壁，擋住流進熊熊傳送門的海水，然後把門關上再全部回收。

雖然很麻煩，但我還是回到密利拉的熊熊屋，用熊熊屋的熊熊傳送門回到洞窟。最後，我把洞窟裡的熊熊傳送門全部回收，總算是大功告成。

好，剩下的問題是如何回收毒蠍，但我已經想到辦法了。

如果在牆上挖洞，要花很長的時間才能排掉海水。而且如果沒有其他能排掉海水的空間也沒用。所以，我決定不管海水，只回收毒蠍。

我用風魔法在自己周圍製造出泡泡般的空氣球。

這是我以前為了狩獵克拉肯而想到的其中一種方法。

用這個方法的話，就算不能戰鬥，也能在短時間內潛入水中。

不過，當時我沒有採用這個方法。

因為空氣沒辦法撐很久。我能待在水中的時間，只到風魔法做出的氣泡內的空氣耗盡為止。

仔細想想，這也是理所當然。氧氣會被我吸光，原因就只是這樣。

可是，如果只是要回收毒蠍，時間綽綽有餘。

「那麼，我去回收毒蠍，等我一下喔。」

我叫熊緩等我，跳進海水裡。包裹著我的空氣球緩緩下降，來到巨大毒蠍附近。抵達後，我

向毒蠍伸出手，把牠收進熊熊箱裡。

這樣就完成任務了。我也順便回收了斷掉的尾巴，還有一開始打倒的小毒蠍，然後回到熊緩身邊。

接下來只要回去找卡麗娜就行。

可是，我發現自己沒有路可以回去。進來時走的通道已經被海水淹沒了。

算了，既然沒有出口，朝地面挖洞就行。我決定挖洞，做出一座往上的階梯。

想到在密利拉鎮與克里莫尼亞城之間的山脈挖掘隧道的事，就會覺得這點小事根本沒什麼。

我鑿開岩石、撥開沙子，往上方前進。我不斷往上挖洞，終於抵達地面上。

喔喔，好刺眼。我把熊熊兜帽往下拉，遮住陽光。

順利回到外面了。

因為我丟下海水離開，後來有冒險者發現那些海水，又有學者開始研究這座金字塔地底下為何會有海水和魚，又是另一個故事了。

……這應該不是我的錯吧？

# 340 卡麗娜擔心熊熊

打扮成熊熊的神奇女生——她非常溫柔又可愛，怎麼看都不像是一名冒險者。她受國王陛下所託，帶著水魔石跨越沙漠而來。我的心快要被壓垮的時候，是她對我伸出了援手。

每個人都說自己無力承接的時候，是她笑著接下了委託。她打倒成群的沙漠蠕蟲，帶我來到水晶板附近。

這樣的優奈小姐說，她要一個人和大得令人難以置信的毒蠍戰鬥。

我注視著牆壁。優奈小姐和熊緩就在這道牆的另一頭。

優奈小姐，拿不到水晶板也沒關係，請妳一定要平安回來。

「咿～」

看到我一臉不安，熊急靠過來磨蹭我。牠是在安慰我嗎？

我撫摸熊急。牠跟優奈小姐一樣，是非常溫柔的熊熊。

「卡麗娜，我們走吧。」

我正盯著牆壁時，梅爾小姐對我這麼說。

我們不能一直待在這裡，於是開始移動。

340 卡麗娜擔心熊熊

我騎到熊急的背上。雖然我擔心得不得了，不過熊急依然邁出步伐。

「優奈她不會有事的。」

我正想著獨自留下的優奈小姐時，梅爾小姐溫柔地這麼說。

「可是，她一個人對付那麼大的魔物……」

「卡麗娜，妳也看到她打倒巨大沙漠蠕蟲的樣子了吧？優奈真的是很強的冒險者，她一定能打倒毒蠍，平安回來。」

「而且還有熊緩在，沒問題的。」

走在梅爾小姐另一側的瑟妮雅小姐也對我這麼說。不過，即使如此，優奈小姐還是有可能跟熊緩一起被打倒。

換作是我，一定會怕得連一步都不敢動。

「最重要的是，既然優奈想試著戰鬥，我們就應該尊重她的選擇。」

「這樣才算冒險者。」

冒險者都是這樣嗎？

那我肯定沒辦法成為冒險者。

「可是啊，我們從來沒見過那麼大的毒蠍，她能一個人打贏嗎？而且旁邊還有一大堆小毒蠍耶。」

走在後方的托亞先生這麼說。

托亞先生說得沒錯。

我不認為優奈小姐能一個人打倒那麼多魔物。

「優奈不是很輕鬆就打倒小毒蠍了嗎？」

「可是那裡的空間那麼小，還有巨大毒蠍耶。先前的毒蠍是一隻一隻打倒的，但她一踏進那個空間，所有毒蠍就會同時發動攻擊。」

「是沒錯……」

梅爾小姐也不禁認同托亞先生說的話。

這麼說來，優奈小姐果然打不贏嗎？

「可是，既然優奈說要留下來，就表示她有方法能打倒毒蠍吧。對付魔偶的時候，她也一個人去挑戰了。」

「當時真是嚇了我一跳。大家決定放棄，跑去喝酒，隔天卻見到小姑娘從礦山回來，還說她打倒了魔偶。」

「很少人看過優奈戰鬥的樣子，但所有人都承認她打倒強大魔物的事實。她在冒險者公會的階級很高，正好證明了這一點。如果她認為打不贏，至少也懂得判斷何時該逃走吧。」

優奈小姐的冒險者階級是C。聽說年僅十五歲就能升上C級是很厲害的事。而且她也打倒了名叫克拉肯的魔物。

「就算問她是怎麼打倒的，她也不願意說。搞不好其實是熊緩打倒的呢。」

「如果是的話，這隻熊搞不好也很強吧。」

托亞先生看著熊急這麼說。

既然優奈小姐派牠來當護衛，是不是真的很強呢？

熊急好像也知道大家正在談論牠，用可愛的聲音叫了一聲。

「總之，那個小姑娘真的很不可思議。」

「呵呵，說得對。優奈是個很不可思議的女孩。」

「強度是未知數。」

正如大家所說，優奈小姐是非常不可思議的人。

「可是啊，幾乎所有冒險者都沒見過小姑娘戰鬥的樣子耶。」

「她大概是不想被別人看到吧。」

「優奈一個人也能打倒沙漠蠕蟲。她是為了隱瞞這件事，才會讓我們幫忙的。」

瑟妮雅小姐這麼說，可是優奈小姐真的能一個人打倒那麼多沙漠蠕蟲嗎？

「畢竟她連躲在沙子裡的毒蠍都能打倒了。要是我有那麼強的實力，一定會想秀給別人看。」

根據大家的說法，優奈小姐似乎是個實力驚人的冒險者。如果打倒克拉肯的事情是真的，我想優奈小姐真的很強。可是，就算看到打扮成可愛熊熊的她打倒沙漠蠕蟲和毒蠍，我也很難想像她有多強。

「可是，你們都不會想知道小姑娘是怎麼戰鬥的嗎？不會擔心嗎？」

「那麼可愛的女孩子說要一個人留下來，我當然擔心了。」

「既然這樣，我們不是也應該留下來嗎？」

「我想看優奈戰鬥的樣子。」

「那我們就去看吧。」

托亞先生也贊同瑟妮雅小姐的意見，正要往回走，卻被傑德先生阻止了。

「我們的工作是帶卡麗娜去外面。瑟妮雅也別跟托亞一起瞎起鬨。」

「我被傑德罵了，都是托亞害的。」

「哪是我害的啊？」

大家都笑了。

「而且，我們回去會打擾到優奈的。」

雖然我也很想回去，但傑德先生說得對，無力戰鬥的人只會礙事。我們聽從傑德先生的話，回到地面上。

我們經過優奈小姐打倒毒蠍的路，走過優奈小姐搭起的橋。

能夠輕鬆地沿著原路回去讓我再次察覺到，優奈小姐真是個非常厲害的人。

於是，我們平安回到金字塔的入口。

雖然我還很擔心優奈小姐，但一走到外面，心情就好像稍微放鬆了一點。我好像比自己想像得還要緊張。

傑德先生等人去查看拉格魯特的狀況。我和熊急一起在金字塔入口等待優奈小姐回來。

「優奈小姐……」

「妳真的這麼擔心嗎？」

我叫著優奈小姐的名字時，梅爾小姐和瑟妮雅小姐從後面走了過來。

「各位不是去看拉格魯特了嗎？」

「我們是妳的護衛，要留意有沒有魔物來攻擊妳。」

「咿～」

我旁邊的熊急叫了一聲。

「呵呵，我們當然很信任你囉，熊急。」

梅爾小姐摸摸熊急的頭。

看來熊急是想說有牠在，我們就不必擔心了。

牠好像聽得懂人話，真是一隻厲害的熊熊。

「啊啊，真羨慕優奈。我也好想要這種召喚獸喔。」

我也有同感。我非常想要熊緩和熊急。

「而且，牠和優奈好像可以心靈相通。如果優奈發生什麼事，牠應該會知道吧。」

優奈小姐的確這麼說過。

「熊急，你知道優奈小姐現在怎麼樣了嗎？」

「咿～」

我聽不懂牠在說什麼。可是，如果優奈小姐所說是真的，牠或許能察覺到異狀。

我們待在金字塔入口的時候，烏拉岡先生來了。

往周圍一看，發現其他人都還在肢解。他們好像從那個時候就一直工作到現在。

「喂！你們回來了啊？」

「算是吧。」

「所以，你們已經找到要找的東西了嗎？」

「嗯～雖然找到了，但正確來說，我們沒有拿到。」

「找到但是沒有拿到？」

正如梅爾小姐所說，我們找到水晶板所在的地方了，卻沒能拿到手。

「那是什麼意思？」

「東西好像被魔物吞下去了。」

「打倒魔物不就得了嗎？你們是逃回來的嗎？」

「別強人所難了，那可是巨大毒蠍。」

照顧完拉格魯特的傑德先生走了回來，這麼回答。

「巨大毒蠍？」

「你應該也聽過傳聞吧，偶爾會有巨大化的魔物出現。」

「牠真的很大喔。」

梅爾小姐張開雙臂，想要形容毒蠍有多大。可是，毒蠍比這還要大多了。

「開玩笑的吧？」

「一般人都會這麼想，但我們說的都是真的。」

「所以，你們是放棄才會回來的嗎？」

梅爾小姐搖搖頭。

「優奈一個人留下來戰鬥了。」

「……喂喂喂，你們把那個熊姑娘一個人留在那裡嗎？」

聽到梅爾小姐說的話，烏拉岡先生睜大眼睛，露出驚訝的表情。

「對呀。」

「喂！」

梅爾小姐給出肯定的答案，烏拉岡先生就生氣地揪住梅爾小姐的衣領。

可是，瑟妮雅小姐用小刀抵住烏拉岡先生的脖子。

「放開她。」

「可惡！」

聽到瑟妮雅小姐的話，烏拉岡先生粗魯地放開梅爾小姐。

吵架是不好的。

「我看錯你們了。熊姑娘再怎麼強，你們也不該把她一個人留在有那種魔物的地方吧。」

烏拉岡先生很生氣。

「因為優奈說她要一個人留下來，我們也沒辦法。」

「我們也反對，可是優奈說她要一個人戰鬥，我們無法阻止。」

我也很想阻止她。

可是，我辦不到。

「熊姑娘真的一個人打倒了黑蝰蛇和虎狼嗎？」

「你也知道？」

「我的隊上有一個知道熊姑娘是誰的人，我聽他說了一些事蹟。第一次聽說的時候，我還不當一回事。他說『靠近她會很危險』，又說『最好不要跟她扯上關係』，所以我問他理由，就聽到一堆離譜的傳聞。我們接下這次的委託後，遇到那個熊姑娘時，我也嚇了一跳。而且連你們這樣的隊伍都那麼信任她，再加上我們親眼見到她打倒巨大沙漠蠕蟲的事，我才知道那些傳聞不是胡說八道。只不過，就算親眼見到，我還是難以相信那個熊姑娘很強。」

烏拉岡先生笑了。

「優奈說她要試著戰鬥，我們能怎麼辦呢？」

「就算如此，沒必要連你們都跑回來吧。考量到突發狀況，你們應該留在那裡才對啊。」

「呵呵。」

梅爾小姐突然笑了。

「有什麼好笑的？」

「因為我沒想到你會這麼擔心優奈嘛。」

「……哼！我才不是擔心她。」

可能是覺得烏拉岡先生的反應很有趣，大家都笑了。

我也有同感。第一次在冒險者公會見到烏拉岡先生時，我覺得他是很可怕的人。可是，他好像記得我，所以在家裡見面的時候，他曾向我道歉。

我原本以為那是因為我是委託人的女兒，不過他的本性或許是好人。可是，他的臉長得很可怕。

「所以，你們接下來要做什麼？」

「等優奈回來。」

「那就表示你們很閒吧，過來幫我們肢解。」

烏拉岡先生用大拇指指著自己的身後。他的隊友都在後面做著肢解的工作。

「可以的話，最好能有魔法師來幫忙。當然，你們幫忙肢解的部分，我會重新算進你們的戰利品。」

傑德先生和梅爾小姐互看一眼後點了點頭。

「好吧，我去幫忙。瑟妮雅，卡麗娜就拜託妳。」

「沒問題。」

瑟妮雅小姐這麼回應，然後抱住熊急。

梅爾小姐露出傻眼的表情，帶著傑德先生和托亞先生加入肢解的行列。

「熊急，如果優奈小姐發生什麼事，你要告訴我喔。」

「咿～」

優奈小姐，請妳一定要平安回來。

# 341 熊熊取得水晶板

回到地面上的我環顧四周。

「呃，這裡是？」

我轉了一圈，發現金字塔就在後面。可是，我沒有看到入口。用熊熊地圖確認，才知道我跑到金字塔後面了。

我堵住自己挖出的土管出口，騎著熊緩前往金字塔正面。

我繞著金字塔朝正面的入口前進，看到一個白色的東西從前方高速逼近。

是熊。不對，是熊急。

載著卡麗娜的熊急揚起沙塵，向我跑來。卡麗娜努力抓著熊急，以免被甩下去。雖然她不用抓得那麼緊也不會掉下去，但現在的卡麗娜無暇察覺這一點。

我從熊緩背上爬下來。要是繼續前進，熊緩和熊急就要相撞了。

「熊急，停、停，快停下來！」

熊急放慢速度，靠過來磨蹭我。

「咿～咿～」

「熊急，我回來了。」

我撫摸熊急的頭和下巴，熊急露出高興的神情。

「你有好好保護卡麗娜呢，謝謝你，熊急。」

「咿～」

我正在誇獎熊急的時候，緊趴在熊急身上的卡麗娜抬起頭來。

「優、優奈小姐！」

卡麗娜從熊急背上爬下來，然後抱住我。

「優奈小姐，原來妳沒事。我好擔心妳。」

「咿～」

熊急也不甘示弱地磨蹭我。

卡麗娜抱得更用力了。

「你們兩個冷靜一點。」

「優奈小姐！」

「咿～」

我承受不住他們的力道，往後一倒。只要踏穩腳步就能把他們推回去，但我不能對卡麗娜和熊急那麼做。

他們壓在倒地的我身上。

熊緩探頭看著我。

「熊緩，救、救、我。」

我對熊緩求救，牠卻只是叫了一聲，就是不救我。好過分。

不管怎麼樣，我請他們倆放開我，然後站起來。

看來我讓他們相當擔心。

「幸好妳沒事。」

卡麗娜熱淚盈眶。

我摸摸頭安撫她，這時騎著拉格魯特的傑德先生等人也來了。

「優奈！」

「熊急突然跑出去，我還以為發生什麼事了。」

「看到熊急跑出去，我也嚇了一跳。」

傑德先生、梅爾小姐和瑟妮雅小姐都來了。

可是，我沒有看到托亞的身影。

「呃，我回來了。」

「所以，為什麼妳會在外面？我們一直在入口等妳呢。」

「因為我懶得走原路回來，就用魔法稍微挖了個洞，走到外面了。」

「稍微……」

梅爾小姐等人都露出傻眼的表情。

我總覺得以前好像也有過類似的對話。

「那妳打倒毒蠍了嗎？」

「嗯，打倒了。」

這句話讓所有人都很驚訝。

「所以我有件事想拜託你們，可以請你們幫忙肢解嗎？當然，我會答謝你們。」

我不會肢解，也不能把毒蠍帶回克里莫尼亞，拜託菲娜肢解。

雖然可以先回城市，拜託巴利瑪先生尋找會肢解的人，可是那樣會被別人看到毒蠍，引來各種麻煩。既然如此，倒不如拜託知道毒蠍一事的傑德先生等人。

「不必答謝我們，光是能體驗肢解那種魔物的過程就夠了。」

「只不過，就算有經驗，我們也不知道今後會不會有肢解那種魔物的機會就是了。」

傑德先生等人二話不說便答應肢解。

為了肢解，我們移動到金字塔的入口。我正要騎上熊緩的時候，熊急悲傷地叫了一聲。

熊急不願意離開我身邊，好像很想載我。

「熊急一開始還好，過了一陣子好像就覺得很寂寞呢。」

今天我拜託熊急護衛卡麗娜，一直沒有騎牠。

「卡麗娜，這次可以請妳騎熊緩嗎？」

「好、好的，我知道了。熊緩，拜託你。」

「咿～」

熊緩也乖乖聽話，讓卡麗娜騎到背上。

嗯，幸好熊緩這個時候沒有耍任性。就算牠們倆都希望我騎，我也只有一個身體啊。

熊緩和熊急都很貼心，讓我輕鬆不少。我一騎上熊急，牠便高興地起跑。

「請、請等一下。」

騎著熊緩的卡麗娜趕緊追上來，傑德先生等人也跟在她後面。

我們來到金字塔入口，看到托亞一個人寂寞地站在那裡。

「你們太過分了吧，竟然丟下我。」

「因為熊急突然跑出去嘛。」

「誰叫你要睡覺。」

托亞被梅爾小姐和瑟妮雅小姐冷言以對。

不過，原來我在戰鬥的時候，他都在睡覺嗎？可是我剛剛也在睡覺，所以沒資格說他就是了。

「我有什麼辦法，肢解很累嘛。」

「這一點大家都一樣。」

「傑德～」

托亞看著傑德先生，尋求他的幫助。

「抱歉，我也忘了。」

「傑德～～～」

托亞的吶喊在沙漠中迴盪。

我不理會這樣的托亞，往四周望去。

「呃，烏拉岡他們呢？」

我環顧周圍，卻沒有看到烏拉岡等冒險者的身影。

「因為肢解已經結束，他們回城了。他們一開始還說要等優奈回來，但他們肢解得很累，我們就請他們先回城。」

「我們也有幫忙肢解喔。」

所以托亞才會累得睡著了吧。

也對，畢竟還有先前和魔物戰鬥，以及緊張所累積的疲勞。

想到這裡，我覺得傑德先生等人真的很厲害。

「那麼，肢解完之後，我們也回城吧。」

我從熊熊箱裡取出巨大毒蠍。

「妳真的打倒牠了啊。」

「好大喔。」

所有人在毒蠍周圍繞了一圈。

「沒有尾巴呢，妳把它切斷了嗎？」

「背部也有小刀切過的痕跡。」

爬到毒蠍背上的瑟妮雅小姐這麼說。

可是，攻擊背部並沒有造成傷害。

「話說回來，致命傷是什麼？」

「不是尾巴嗎？」

「如果切斷尾巴就能打倒，大家就不用這麼辛苦了。」

「既然如此，到底是用什麼方法打倒牠的？」

所有人的視線集中到我身上。

「總之就是一下子就打倒了。」

「「「「…………」」」」

大家的視線好刺人。

我不能說我是用熊熊傳送門引來海水淹死牠的。

放進熊熊箱的時候好像排除了海水，所以毒蠍並沒有溼掉。可是，海水可能還殘留在牠體內。希望牠的身體不會流出海水。

我向神祈禱。

腦中浮現帶我來到這個世界的熊神的想像圖。

感覺非常不可靠。

「不過，真的是優奈小姐把這麼大的魔物……」

卡麗娜戰戰兢兢地伸出小手，試圖觸碰毒蠍。

看到她這個樣子，我忍不住想惡作劇一下。我靜靜移動到卡麗娜背後，把嘴巴湊到她耳邊。

「哇！」

「呀啊！」

卡麗娜嚇得跌坐在地。

「妳沒事吧？」

「優、優奈小姐……」

卡麗娜眼眶含淚，氣憤地看著我。

我好像玩得太過火了。

「抱歉。」

「優奈小姐太過分了，我嚇了好大一跳。」

「抱歉、抱歉，看到妳想摸又不敢摸的樣子，我覺得很可愛，忍不住想嚇嚇妳。」

「什麼忍不住，我真的嚇到了，還以為心臟要停了。」

「妳該不會漏尿了吧？」

我小聲這麼問。

聽到我這麼說，卡麗娜的臉漸漸漲紅。

「我、我才沒有呢！真是的，我不管妳了！」

我好像惹她生氣了。

我只是想開玩笑，結果完全失敗了。

「卡麗娜，對不起啦。因為妳很可愛嘛。」

「打扮成這種可愛模樣的優奈小姐沒有資格說我。」

卡麗娜不願意看我。

十歲女孩真是多愁善感。我十歲的時候是什麼樣子呢？

我試著回想。嗯，當時我是個可愛的小女孩。真的啦。

「我們差不多要開始肢解了，可以嗎？」

傑德先生等人用傻眼的表情看著我們。

「不好意思。」「抱歉。」

卡麗娜和我對傑德先生等人低頭道歉。

「那麼，只要把卡麗娜要找的東西拿出來就行了吧？卡麗娜，妳知道大概的位置在哪裡嗎？」

傑德先生這麼問，卡麗娜便靠近毒蠍，繞行一圈後停下腳步。

「在這附近。」

卡麗娜站在毒蠍後面，指著靠近尾巴的地方。

「在那裡啊，首先得把甲殼拆開才行呢。托亞，來幫我把這裡的甲殼拆下來。」

毒蠍和螯蝦或蝦子一樣，有著可以彎曲的相連甲殼。而且，甲殼的連接處有凹槽。

傑德先生指示托亞把倒數第二塊甲殼拆下來。傑德先生和托亞拿出小刀，插進凹槽裡。

「好硬。」

「瑟妮雅、梅爾，幫幫忙。」

「好吧。」

四個人合力拆開一部分的甲殼。

我重新觀察甲殼，看起來相當厚。

傑德先生切開卡麗娜所說的地方，拿出一塊藍色的水晶板。

「卡麗娜，是這個嗎？」

「就、就是這個！」

卡麗娜高興地跑過去，接過水晶板。

當然，傑德先生在拿給她之前，有請梅爾小姐用水魔法洗乾淨。

幸好沒有海水流出來。要是有的話，說明起來就麻煩了。

「這麼一來，委託就結束了吧。」

「話說回來，這些甲殼還真硬。」

托亞輕敲甲殼。

「是呀，而且比鐵還輕，或許很適合做防具呢。」

如果是遊戲，打倒魔物所得的素材當然可以拿來做防具。不過，看到眼前這些東西，我就不知道要怎麼做成防具了。

「這個嘛，我不喜歡鎧甲，比較想做成護手。」

「材質這麼輕，的確很適合。」

「既然如此，這塊剝下來的甲殼就送給傑德先生你們吧。」

「可以嗎？」

高興地這麼說的人不是傑德先生，而是托亞。

反正我也用不到。

「不，我們不能收下這麼好的東西。畢竟這是優奈打倒的魔物。」

「傑德，難得小姑娘都說要送給我們了耶。」

托亞好像很想要。

「那就當作封口費吧。」

「封口費？」

「這次的事情，我希望你們不要說出去。」

「妳不向冒險者公會報告嗎？」

「因為有可能惹來各種麻煩，所以我這次不打算報告。」

「真搞不懂妳。如果是我，一定會得意地到處炫耀。」

「就算不給我們什麼好處，只要優奈拜託我們不說，我們就不會對任何人說。」

「沒錯。」

所有人都望向托亞。

「就算不拿這塊甲殼，我也不會說的啦。」

「…………」

為什麼呢？托亞說的話就是不像傑德先生等人一樣可信。

傑德先生陷入沉思。

「不過，既然要封口的話，我們也得拜託烏拉岡等人。」

「他們該不會也知道我和毒蠍戰鬥的事吧？」

「是啊，他問起優奈為何不在，我們就說妳正在和毒蠍戰鬥。」

我應該先拜託傑德先生等人保密的。既然烏拉岡也知道，我就得封住他們的嘴。

要是事情傳出去就麻煩了。

「總之，這件事等回去後再談吧。」

包含卸下的甲殼，我把毒蠍收進熊熊箱。

雖然還有更換魔石的工作，但太陽已經快要下山了。

為了向巴利瑪先生報告，我們決定先回城市一趟。

# 342 熊熊向巴利馬先生報告

回到宅邸時，拉瑟小姐出來迎接我們。

「我回來了，拉瑟。」

「卡麗娜大人……幸好您沒事。」

拉瑟小姐溫柔地擁抱卡麗娜。

一個十歲女孩跟冒險者一起前往魔物出沒的地方，她當然會擔心。

她擁抱卡麗娜的模樣就像是一個擔憂妹妹的姊姊。

「拉瑟，我不能呼吸了。」

「不好意思。我從不久前回來的冒險者口中聽說事情經過，擔心得不得了。」

回來的冒險者？應該是烏拉岡他們吧。

「有大家陪著我，所以我沒事。」

「可是，我聽說那裡有數不清的沙漠蠕蟲，甚至有巨大沙漠蠕蟲呢。聽到這件事的時候，我差點就要昏倒了。」

一定是烏拉岡來報告的吧。

「嗯，可是優奈小姐他們把所有魔物都打倒了，所以我沒事。」

「是，我也聽說各位冒險者合力打倒了魔物。」

「幾乎都是優奈的功勞就是了。」

在一旁聽著的梅爾小姐等人都露出苦笑。

烏拉岡等人確實很努力地打倒了我挖出來的蠕蟲。雖然只有傑德先生的隊伍和烏拉岡能跟到最後。

而且烏拉岡還替我們肢解了蠕蟲，幫了大忙。

「優奈小姐非常帥氣呢。那麼大的蠕蟲，她一個人就打倒了。」

卡麗娜張開雙臂，試圖形容蠕蟲有多大。

而且她還伸手做出放魔法的姿勢，好像是要模仿我。我看起來是這個樣子嗎？

「呵呵，真厲害呢。」

「啊～拉瑟，妳不相信我吧？我是說真的，真的有這麼大的蠕蟲啦。」

「呵呵，我相信您。各位冒險者都跟我說了。」

「那妳為什麼要笑！」

我想應該是卡麗娜形容的方式太可愛了吧。

看到拉瑟小姐微笑的樣子，卡麗娜鼓起臉頰。

望著她們倆的傑德先生用有些抱歉的表情說道：

「卡麗娜，我們可以去向巴利瑪先生報告了嗎？」

「不好意思。」

「對不起。拉瑟，我們等一下再聊吧。」

聽傑德先生這麼說，拉瑟小姐和卡麗娜才發覺自己聊得太投入了，於是道歉。

然後，我們在拉瑟小姐的帶領下前往巴利瑪先生所在的房間。

一進入房間，巴利瑪先生就用驚訝的表情看著我們。

「卡麗娜！」

「父親大人，我回來了。」

卡麗娜一走進房間便跑到巴利瑪先生身邊。

「卡麗娜，妳沒有受傷吧？」

巴利瑪先生想要抱起靠過來的女兒，表情卻因痛苦而扭曲。

「父親大人！」

「我沒事，只是傷口有點痛而已。連心愛的女兒都抱不了，我真是丟人。」

「父親大人受傷了，請不要勉強自己。等到傷勢康復再抱我吧。」

「既然這樣，我可得早點康復啊。」

巴利瑪先生撫摸卡麗娜的頭，取代擁抱。接著，他的視線轉向我們。

「先回來的冒險者已經向我報告過了，聽說你們打倒了沙漠裡的大量沙漠蠕蟲和巨大沙漠蠕

蟲。委託內容並不包含金字塔周圍的魔物狩獵，我真不知道該怎麼答謝各位才好。當然，我會另外支付這部分的報酬，請各位笑納。」

「不用……」

我正要開口的時候，傑德先生坦率地說道：「非常感謝您。」

托亞開心地說：「好耶，可以用來當作打造祕銀之劍的資金啦。」梅爾小姐和瑟妮雅小姐也都很高興。

好險，我差點就拒絕了。傑德先生的應對方式才是正常冒險者的反應吧。做多少事就該拿多少報酬，這是理所當然的。

如果只有我一個人來報告，可能會說「不用放在心上」或是「我只是清掉擋路的魔物而已」，並且拒絕報酬。

自己的份是無所謂，但我差一點就拒絕其他人的追加報酬了。

「不過我聽說金字塔地下有巨大毒蠍出現，要找的東西就在那隻毒蠍的體內，請問是真的嗎？烏拉岡先生請我等各位回來再詢問詳細情形。」

巴利瑪先生一臉不安地這麼問道。

烏拉岡等人也只是從傑德先生那裡聽說一點情報，詳細情形要問我們才會知道。

「父親大人，是真的，可是已經沒事了。優奈小姐打倒巨大毒蠍，替我們拿回了水晶板。」

卡麗娜從道具袋裡取出水晶板，交給巴利瑪先生。

「各位，真的很感謝你們。」

「不用謝我們了，是優奈一個人打倒牠的。」

「我們沒幫上什麼忙。」

巴利瑪先生道謝，梅爾小姐等人便據實以告。明明就不必這麼說。梅爾小姐等人幫了我很多。卡麗娜好像也明白這一點，於是開始替他們說話。

「沒有那回事。打倒巨大毒蠍的人的確是優奈小姐，但梅爾小姐和瑟妮雅小姐一直都在身邊保護我，托亞先生也會看守後方，傑德先生則是打倒前方出現的魔物。就是因為有大家在，我才能放心前往地下。」

「呵呵，卡麗娜，謝謝妳。能聽到妳這麼說，我們也很開心。」

「卡麗娜說得對，這次的事都要感謝各位鼎力相助。各位，我要重新道謝，非常感謝你們。我們會準備晚餐，請各位吃完再走吧。」

「太棒啦。」

托亞很高興。梅爾小姐用手肘撞了一下托亞的側腹部。

「非常感謝您。」

梅爾小姐代表大家道謝。

「那麼在餐點準備好之前，請各位稍事休息。」

傑德先生等人道謝後走出房間。

## 342 熊熊向巴利瑪先生報告

「卡麗娜。」

最後我和卡麗娜正要離開時，巴利瑪先生叫住了卡麗娜，然後緩緩走過來。

「父親大人？」

「這東西就由妳來保管吧。」

「可是，這是……」

「很抱歉，我得請妳再去一次金字塔。」

嗯，也對。能使用水晶板的人，只有身為母親的莉絲堤爾小姐和卡麗娜，以及她的弟弟諾里斯而已。肚子裡懷著小寶寶的莉絲堤爾小姐不能去，年紀比卡麗娜還小的諾里斯更不行了。既然如此，能去金字塔的人只有卡麗娜。

卡麗娜注視著水晶板，然後緩緩向水晶板伸出手。

「……父親大人，我明白了。我會好好保管它的。」

卡麗娜小心翼翼地收下水晶板。

向巴利瑪先生報告完之後，我們要去見先回來的烏拉岡等人。

烏拉岡等人待在宅邸內的大房間，坐在沙發或椅子上休息。其中一個人說「熊回來了」，露出害怕的表情。

拜託，我什麼都不會做啦。

「看來你們平安回來了啊。」

「我們才剛向巴利瑪先生報告完畢。烏拉岡，你們也還在啊。」

「回來報告之後，委託人叫我們在這個房間休息。另外，如果你們沒有回來，他希望我們去看看。」

的確有必要考量到女兒回不來的時候該怎麼辦。

比起委託冒險者公會，拜託知道原委的烏拉岡等人還比較快。

「所以，妳把傑德他們說的那隻巨大毒蠍打倒了嗎？」

「當然，優奈打倒牠了。」

烏拉岡明明是對我發問，梅爾小姐卻像是自己打倒似的，莫名得意地這麼回答。

算了，我是無所謂啦。

「看來傳聞是真的啊。」

「傳聞？」

「沒什麼。」

如果是自己談論別人的傳聞就算了，別人談論自己的傳聞會令人非常好奇。

算了，反正一定是熊又幹了什麼好事之類的傳聞吧。

「對了，優奈已經拜託我們了，可以請你們也不要把她打倒巨大毒蠍的事情說出去嗎？」

傑德先生代替我這麼說道。

「為什麼？」

「她似乎不想引起注意。」

所有人的視線都聚集到我身上。

嗯，我懂。我很清楚你們想說什麼。

可是，因為熊熊服裝而引人注目和打倒大型魔物而引人注目是兩回事。

要是事情傳出去而引來麻煩的工作，那就傷腦筋了。我有時候會主動插手，但不喜歡被硬塞麻煩事。

「啊哈哈哈哈哈！」

烏拉岡看著我大笑。其他隊員也都跟著發笑，除了其中一個人之外。

你們也不用笑得這麼大聲吧？

「你們不要再笑了！不要瞧不起那隻熊！」

一個男人出聲制止其他人大笑。

他就是一看到我就怕的冒險者。

「好吧，你說得對。你們也別再笑了。話說回來，竟然打倒那種魔物……真是個不得了的小姑娘。我們可以替妳保密。」

「真的嗎？」

「真的，但妳要讓我們看看那隻巨大毒蠍。我好歹是冒險者，想親眼看看連傑德他們都不得不逃走的巨大毒蠍。」

「我們才沒有逃走，只是聽優奈的話而已。」

「那也一樣吧。」

「如果小姑娘真的打倒了那麼大的魔物，身為一個冒險者，我想看看。」

這項交易聽起來不怎麼樣。

如果不給他們看，他們就會把事情說出去。雖然就算說出去，大部分的人也不會相信，可是，如果被克里莫尼亞的冒險者知道了，他們可能會當成事實。

這麼一想，比起不給他們看而造成一些有的沒的謠言，好像還是讓他們看過之後答應保密比較好。

我望向傑德先生等人，他們都沒有插嘴的意思，似乎要把這件事交給我決定。

「好吧，我會給你們看，所以你們要保密。如果說出去，可能會變得跟那個男人一樣喔。」

我指著害怕我的冒險者。不過，我根本不記得他是誰。

害怕的冒險者說「我絕對不會說出去」，比誰都更快答應。

他應該真的是我第一次到克里莫尼亞的時候揍過的其中一個人吧。

老實說，我早就忘了當時揍過的冒險者長什麼樣子。

「嗯，沒問題，我保證。其他人也要遵守約定喔。」

烏拉岡回答後，其他冒險者也都點了點頭。

「可是，要在哪裡看？」

這隻毒蠍相當巨大，而且我不想給別人看到。既然如此，能擺放毒蠍的地點有限。

「需要空間的話，可以放在寬敞的後院。」

原本靜靜聽著的卡麗娜這麼提議。

# 343 熊熊做交易

我要拿毒蠍給烏拉岡等人看，所以要向巴利瑪先生取得使用後院的許可。卡麗娜有點鬧彆扭地說「我都說可以了」，但我們還是應該先問過這座宅邸的主人，也就是巴利瑪先生。

我們拜託巴利瑪先生，他便爽快地答應，於是大家一起前往後院。

後院確實很寬敞，不愧是這座城市的領主宅邸。

傑德先生的隊伍和烏拉岡的隊伍都聚集在後院。卡麗娜和巴利瑪先生也在一旁觀看。

「那麼，大家稍微後退一點。」

我在眾人的注視下，從熊熊箱裡拿出毒蠍。

咚！

和普通毒蠍不同，深黑色的巨大毒蠍出現在後院。

烏拉岡等人和巴利瑪先生都發出驚嘆。

「好大，真的是小姑娘把牠……」

「好厲害。」

烏拉岡等冒險者都很驚訝。這麼重新一看，我也覺得很大。普通的毒蠍對我來說就很大了，

這隻毒蠍根本是怪物等級。

已經看過一次的傑德先生等人並沒有像烏拉岡那麼驚訝。

「水晶板就在這隻魔物的體內……」

「因為優奈小姐說要跟這種魔物戰鬥，所以我真的很擔心。」

卡麗娜開始向巴利瑪先生描述當時的情況。

「在優奈小姐回來之前，我真的擔心得不得了。我們等了好久，她一直都沒有回來。」

因為我抱著軟綿綿的熊緩睡著了。

「可是優奈小姐卻用一副若無其事的樣子回來了。」

「那麼，妳希望優奈小姐傷痕累累地回來嗎？」

聽到卡麗娜描述自己有多擔心，巴利瑪先生溫柔地問道。

「當、當然不希望。」

「既然如此，就單純地感到高興吧。妳的確很擔心，可是優奈小姐是賭上性命和這隻巨大毒蠍戰鬥。妳要仔細想想，她究竟是為了誰才和這隻魔物賭命戰鬥的呢？」

「父親大人……」

巴利瑪先生溫柔地開導卡麗娜。

「這隻魔物的體型如此巨大，妳也知道和牠戰鬥有多麼危險吧？」

「……知道。」

嗚嗚，父女倆好像在講什麼了不起的道理。

可是我只有在一開始的時候認真戰鬥，最後只是抱著熊緩睡覺，等待毒蠍被海水淹死而已。

「優奈小姐是為了不讓妳擔心，才會裝出若無其事的樣子。」

沒有那回事。令嬡正在擔心的時候，我都在睡覺。

聽著巴利瑪先生說的話，我愈來愈無地自容。

再繼續聽下去會讓我很羞愧，所以我決定稍微遠離他們。

我走向傑德先生等人，看見烏拉岡的隊伍正在毒蠍周圍走來走去。

「我還是第一次見到這麼大隻的毒蠍。」

「我只聽過傳聞，原來真的存在啊。」

烏拉岡伸手觸碰毒蠍。

「真虧妳能打倒這麼大的魔物。親眼見到之前我還半信半疑，既然看到證據，我也只能信了。我總算知道傑德他們為什麼這麼信任妳。」

「嗯，也難怪你不信。應該沒有人第一次見到優奈就覺得她是個很強的冒險者吧。」

「畢竟她能輕鬆接住我的手啊。」

對了，第一次見面的時候，烏拉岡還想推開擋路的卡麗娜呢。

「別露出那種恐怖的表情。當時是因為我才剛抵達城市，覺得很累了，可是那個女孩又纏著我不放。」

「嗚嗚……」

可能是聽到了，卡麗娜露出慚愧的表情。

「可是，就算很累了，你也不該亂推小孩子吧。」

「所以我不是道歉了嗎？」

烏拉岡轉頭看著卡麗娜。

「烏拉岡先生已經跟我道歉了，我沒有放在心上。」

「對了，為什麼這部分的甲殼不見了？」

烏拉岡看著我們為了取出水晶板而剝掉甲殼的地方。

「是我們肢解的，因為要拿出體內的遺失物。」

「尾巴呢？」

「好像是優奈切斷的。」

我開口之前，梅爾小姐就回答了。這樣我也樂得輕鬆。

烏拉岡接著觸摸毒蠍的甲殼，或是輕輕敲出聲音。

「這還真硬，應該會是不錯的防具材料吧。」

「我也這麼覺得。」

烏拉岡的話讓托亞有了反應。

「而且毒蠍的甲殼很耐熱。既然是毒蠍老大的甲殼，效果或許更好吧。」

經他這麼一說，我好像還沒有遇過火系的魔物，去火山地帶就能見到嗎？

雪山有冰雪人和雪狼，所以火山可能有火系的魔物吧。

下次去看看好了。有了熊熊裝備，去火山地帶應該也沒問題。

可是，附近有火山嗎？

「小姑娘應該……不會用這個素材做防具吧。」

烏拉岡看著我，擅自得出這個結論。

我的確沒有這個打算，但擅自斷定可不是好習慣喔。

而且，那張好像想說什麼的臉是怎樣？想說什麼儘管說啊。到時候我會用熊熊鐵拳揍你就是了。

「優奈就是適合這種裝扮。就算做出那種像冒險者的防具，她也不適合穿啦。」

梅爾小姐替我說話，但這應該不算讚美吧。聽起來比較像是在貶低我耶。

可是，如果我沒有熊熊裝備，會不會像玩遊戲一樣用魔物的素材做裝備呢？

「既然小姑娘沒有要向冒險者公會報告，這傢伙要怎麼處理？」

「我還沒有什麼想法，只想先請熟人幫我肢解，然後收在道具袋裡。」

「妳不打算賣嗎？」

「拿去賣太引人注目了。如果我急需用錢，到時候再考慮吧。」

我還有克里莫尼亞的餐廳收入，也收得到隧道的通行費。最重要的是，我在原本世界賺的錢

都還有剩。目前我不缺錢，所以沒有必要賣掉。

「既然如此，能不能賣我們一點？」

「你們想要嗎？」

「冒險者都會想要吧。這麼適合做防具的素材可不多見。要是不趁有機會的時候取得，以後一定會後悔。」

「的確沒錯。它的強度很夠，又比鐵更輕。」

傑德先生也贊同烏拉岡的話。

「傑德先生，這些素材大概可以賣多少錢？」

「我不知道。烏拉岡也說過，這種很少出現在市面上的東西等於是沒有市價。」

「這樣的話，我也不知道要怎麼賣啊。大概普通毒蠍的兩倍嗎？」

「沒有那麼便宜吧。打倒這一隻巨大毒蠍，遠比打倒兩隻毒蠍還要困難多了。」

傑德先生傻眼地說道。

就算如此，我也懶得跟人談價錢。

「那就當作封口費，免費送給你們吧。」

「…………」

「…………」

大家都用傻眼的表情看著我。

因為很麻煩嘛，我也沒辦法啊。

去冒險者公會或商業公會只會惹來麻煩，我也不好意思拒絕大家的收購要求。不過，如果對方是不認識的冒險者，我只會視而不見。

他們好歹是今天和我並肩作戰的冒險者。如果他們沒有幫忙狩獵沙漠蠕蟲或負擔肢解的工作，我也不會這麼說。因為烏拉岡在炎熱的沙漠中認真做著狩獵和肢解的工作，我才會這麼說。

「要不然來交換好了。」

「交換？」

「是啊，這些給妳。」

烏拉岡從道具袋裡取出三個布袋。

這是什麼？裡面裝著錢嗎？

「這是我們今天拿到的三百個沙漠蠕蟲魔石。我們用這些跟妳交換一部分的甲殼。當然，我們不會把妳打倒這隻毒蠍的事情說出去。」

三百個魔石啊，這種東西派得上用場嗎？可是，我原本想免費奉送的一部分甲殼可以換到魔石，對方又答應保密，對我來說還算是不錯的交易。

「我是沒關係啦，不過真的好嗎？」

「只要多花點時間，我們想打倒多少沙漠蠕蟲都不是問題。可是，這隻毒蠍的素材是可遇不可求的。老實說，這項交易是我們比較吃香。妳如果拿去別的地方變賣，應該會是一筆不小的金

額。」

「喂，等一下，不要擅自決定啦。那些魔石也有我們的份吧。」

托亞出面阻止想要擅自拿魔石來當交易籌碼的烏拉岡。

「你們也想要這些甲殼吧。」

「嗯，當然想要。」

「所以，我要用魔石交換甲殼。當然，裡面也包含你們的份。人數是我們比較多，所以我們會多拿一點。畢竟魔石也是我們分到的比較多，沒問題吧？」

我不知道魔石的比例是如何，但烏拉岡等人確實拿得比較多。

傑德先生等人陷入沉思。

「優奈，妳真的可以接受嗎？」

「可以啊，只要你們遵守約定就好。」

跟錢相比，我個人比較想要魔石。

就算不需要，拿去賣掉就好。

「好吧，交易成立。」

我收下裝著魔石的袋子。

「既然這樣，傑德先生他們肢解的甲殼應該夠了吧。」

我從熊熊箱裡拿出為了取得水晶板而剝下的一部分甲殼。

「會不會太大？」

就算只是一部分，還是有熊緩或熊急的好幾倍大。

「我懶得分，你們跟傑德先生他們商量，多出來的部分就隨你們處置吧。」

「傑德。」

烏拉岡望向傑德先生。對此，傑德先生搖了搖頭。烏拉岡嘆了一口氣。這兩個人怎麼擺出一副心照不宣的表情？

「那我真的要收下了喔！可以吧。就算事後叫我還也沒用！」

烏拉岡再次確認我的意思。

「可以，但不要吵架喔。」

「喂，傑德，你來保管，然後拿去王都做防具。要是多出來，我們對半分。這樣可以吧？」

「不過，你們不可以說是從我這裡拿到的喔。」

要是有商人或冒險者叫我賣給他們，那就麻煩了。

「我知道。」

傑德先生把毒蠍的甲殼收進道具袋。不知道傑德先生的道具袋可以裝進多少東西？

看他不經意地將那麼大的甲殼收進去的樣子，容量應該相當大吧。

「優奈，妳應該不知道，其實螯和尾巴的部分是最有價值的。妳可不要輕易賣掉或送人。」

「既然如此，你們要不要拿螯的部分？」

「我才剛勸妳，妳就說這種話。總之我已經勸過妳了。」

我乖乖把傑德先生的忠告聽進去。

可是，就算知道螯和尾巴的部分很值錢，有了熊熊裝備的我也不需要啊。

# 344 熊熊詠唱縮小咒語

順利結束交易的我們回到房間，傑德先生和烏拉岡等人便開始聊起要用毒蠍的甲殼做什麼樣的防具。

過不久，拉瑟小姐就來叫我們去吃飯了。

「優奈小姐，請坐這裡。」

卡麗娜握住我的熊熊玩偶手套，把我拉到她隔壁的位子。

「每道菜看起來都好好吃喔。」

餐桌上擺著各式各樣的料理，每道菜看起來都很美味。

「對呀，我的肚子餓了，真想早點開動。」

卡麗娜笑著摸摸自己的肚子。好可愛的動作。如果我做出同樣的動作，看起來就只是在摸自己的啤酒肚。

所有人都入座以後，巴利瑪先生重新向大家表達感謝之意。

「各位，非常感謝你們這次接下如此艱辛的委託。能夠順利找到遺失物，我想對各位致上深

深的謝意。」

「那就是我們的工作，不必放在心上。我們只要有錢拿就沒問題了。」

「幾乎都是優奈的功勞就是了。」

烏拉岡不理會梅爾小姐的這句話，繼續說道：

「所以，我們的工作就到此為止了吧？」

「是的，我會連同追加報酬一起支付給冒險者公會，請各位笑納。」

雖然已經聽說過追加報酬的事，大家還是露出高興的表情。

因為不能透露水晶板和水魔石的事，所以傑德先生和烏拉岡等人的工作就到此為止。

傑德先生說只要找到前往卡路斯鎮的護衛工作，他們就會馬上離開迪賽特城。然後，他們要到王都和烏拉岡一起做毒蠍的防具。

他們要做成套的防具嗎？

這麼一想，我就覺得有點好玩。

梅爾小姐問我要不要一起去，但我在這座城市還有一些事情沒處理完。

所以，我這次婉拒了梅爾小姐的邀請。

「既然這樣，下次就在王都或克里莫尼亞見面吧。」

如果是王都，應該能在冒險者公會遇見他們吧？

可是，我實在不太想去王都的冒險者公會露臉。那裡和克里莫尼亞不同，到現在還是有很多人會用好奇的目光看我。

如果是克里莫尼亞，路人只會稍微看我，不至於一直盯著我看。

我正在跟梅爾小姐聊天的時候，卡麗娜的臉上掛著寂寞的表情。但卡麗娜一發現我在看她，立刻對我露出笑容。

怎麼了嗎？

就算我問，她也只回答「沒什麼」。她是不是對明天的事感到不安呢？

餐會進行到一半。料理全都很豐盛，而且添加了許多香辛料。味道方面沒有任何問題，只不過，拉瑟小姐誤判了分量，因為傑德先生、托亞和烏拉岡等人吃個不停。他們毫不客氣地大吃，料理以驚人的速度逐漸減少。不管煮多少，全都會消失到男人們的胃裡。

雖然後來又有追加菜色上桌，但烏拉岡等人似乎還是吃不夠。

梅爾小姐和瑟妮雅小姐都用傻眼的表情看著這些男人。當然，我和卡麗娜也一樣。

餐點的分量絕對不算少，是這些男人太會吃了。

這種時候應該稍微客氣一點吧。人家可是領主大人耶。雖然我在這位領主與國王面前都穿著布偶裝，還用輕鬆的語氣說話，或許沒資格這麼說。正常來講，就算我因為不敬之罪而受罰也不奇怪。只不過，如果國王是那種人，我也不會去拜訪城堡就是了。

餐會結束後，傑德先生等人準備返回旅館。我暫住在巴利瑪先生家，所以今天也會在這棟宅邸過夜。

「優奈，代我向熊緩和熊急問好。」

「下次再讓我們抱抱熊緩和熊急吧。」

我向梅爾小姐和瑟妮雅小姐道別。在稍遠的地方，男人們正聚在一起聊天。

「好，接下來去酒吧喝酒吧。」

「我們各付各的喔。」

「C級的傑德大人竟然不願意請我們這些D級的晚輩喝酒嗎？」

「如果是新人冒險者就算了，我可沒道理請你們。」

看來傑德先生他們要跟烏拉岡的隊伍一起去酒吧喝酒。他們的食量真是令人不敢置信。到底哪來的空間裝那麼多食物？我已經飽得很痛苦了。為什麼光是看著大胃王就會覺得肚子很撐呢？真不該跟大胃王一起吃飯。

話說回來，怎麼樣才算是新人冒險者呢？如果是當上冒險者還不到一年，我也還算新人冒險者。可是，C級冒險者應該不能說是新人吧。

我向大家道別，回到自己暫住的房間，坐到床上，召喚出小熊化的熊緩與熊急，接著換上睡覺用的白熊服裝。

「熊急，過來這邊。」

按照約定，我今天要跟熊急一起睡覺。被我叫到名字的熊急高興地靠過來。睡覺的時候，我的打扮就跟熊急一樣。

「抱歉，今天都沒有好好陪你。還有，謝謝你保護卡麗娜。」

我向熊急表達歉意和謝意，然後把牠抱在胸前，鑽進被窩。熊緩沒有跟熊急爭寵，而是窩在我旁邊。

「熊緩，晚安。」

我伸手撫摸窩在旁邊的熊緩。熊緩叫了一聲回應我。我感覺著胸口的熊急散發的溫暖，進入夢鄉。

隔天早上，我一醒來便看到熊急在我的懷裡睡得香甜。看來牠一直都在我懷裡睡覺。還是因為我都沒有放開牠呢？

睡著的時候自己會做出什麼事，我也不知道。要是我把牠推開，牠就太可憐了，幸好我沒有。

醒來的我換上黑熊服裝，暫時召回熊緩與熊急。

「那麼優奈小姐，麻煩妳了。」

吃完早餐後，巴利瑪先生委託我去更換魔石。我和卡麗娜為了更換水魔石，再度前往金字塔。

今天的天氣也很好。卡麗娜和昨天一樣披著能舒緩暑氣的連帽斗篷，但她今天騎的是熊緩。輪流才公平。

沙漠很平靜，昨日那麼大量的沙漠蠕蟲已經不見蹤影。

看來原因果然是那隻巨大沙漠蠕蟲。可是，為什麼會有巨大沙漠蠕蟲出現呢？是偶然？還是金字塔的魔石造成的影響呢？

我不能和魔物溝通，所以也得不出答案。

我們沒有被魔物襲擊，順利抵達金字塔後，沒有停下來休息，直接進入金字塔，來到迷宮的入口。

抬頭一望就可以看到環狀的牆上有無數入口。

「所以我們要從哪個洞進去？」

我看著無數的入口詢問卡麗娜。

往附近的入口望過去，有些道路是筆直往深處延伸，有些道路會轉彎。光是從這裡觀察也不知道哪個入口才是正確答案。

「我馬上查。」

卡麗娜從道具袋裡取出水晶板，在許多入口前走動，然後在一個入口前停下腳步。

「就是這裡。」

卡麗娜毫不猶豫地答道。

「我也可以看那塊水晶板嗎？」

「可以。因為灌注我的魔力就會顯示地圖，只要是由我拿在手上，任誰都能看到地圖。可是我一放手，地圖就會消失。優奈小姐要拿拿看嗎？」

卡麗娜對我遞出水晶板。

雖然我也想測試看看，可是又想起以前在精靈村落進入神聖樹的結界時的事。

要是我拿起水晶板也能顯示地圖，那就麻煩大了。

我無法對卡麗娜解釋，而且要是卡麗娜問我是不是她的姊姊可就傷腦筋。她可能會懷疑莉絲提爾小姐有私生子。所以考量到這些狀況，我決定作罷。

「不用了，沒關係。水晶板由妳拿著吧。」

雖然我很想試試水晶板會不會對我的魔力有反應，但還是忍住了。

我重新一看，發現入口的大小頂多讓一個大人通過。

「我們要在這裡跟熊緩和熊急道別了呢。」

卡麗娜露出寂寞的表情。

入口的尺寸的確不足以讓大型的熊緩和熊急通過。

「別擔心，我會用魔法。」

我望著熊緩和熊急詠唱咒語。

「變小吧～變小吧～」

其實不需要唸咒語。不過我想起小時候看過的魔法少女動畫，帶著半開玩笑的心情這麼唸道。

熊緩和熊急正如我的咒語，變成了小熊。

「「咿～」」

「這樣一來，牠們就能一起去了。」

「優、優奈小姐，妳真厲害。原來妳還能辦到這種事？」

「不可以告訴別人喔。」

卡麗娜抱住變小的熊緩和熊急。

「熊緩、熊急好可愛。優奈小姐，妳也可以把我變小嗎？」

「…………」

卡麗娜說的話讓我一瞬間愣住。

「我可以變小，然後騎上變小的熊緩和熊急嗎？」

看來卡麗娜真的以為我是用魔法把牠們變小。

我只是開個玩笑而已。如果她繼續誤以為我會使用縮小魔法就麻煩了，於是我趕緊更正。

「抱歉，其實不是我用魔法把牠們變小的啦。只有熊緩和熊急可以變小，我沒辦法把其他東西變小。牠們比較特別。」

「這樣啊……」

我這番話讓卡麗娜很失望。

她真的這麼想變小嗎？

就算不變小，她也可以騎普通尺寸的熊緩和熊急。

「而且如果妳變小，就不能拿水晶板了吧。」

「嗚嗚，說得也是。」

卡麗娜看著水晶板，想起自己的職責。

「等到換好魔石，就能再騎牠們了。」

「也對。」

卡麗娜帶著笑容這麼回答。

# 345 熊熊走迷宮

我們走進迷宮。卡麗娜走在前頭，接著是我，熊緩和熊急走在最後面。

通道很狹窄，穿著布偶裝的我覺得有點擠。

「卡麗娜，我不走前面沒關係嗎？」

「是，沒關係。只要不走錯路就不會遇到危險。」

反過來說，要是走錯路就危險了。這麼說來，走在最前方的卡麗娜處在最危險的位置。

「妳絕對不可以走錯路喔。」

「是，我絕對不會再得意忘形而走錯路了。」

卡麗娜緊握水晶板，頻頻確認水晶板的地圖。

為了確保安全，我使用探測技能尋找魔物。雖然巴利瑪先生說過，只要走在正確的路上就不會遇到魔物，但我還是要親眼確認才安心。

因為技能只能偵測到同一樓層的魔物，所以我會在進入新樓層的時候再次確認。

探測技能上出現魔物的反應，數量卻不多。我看看，魔物名稱顯示為魔偶。如果走錯路，就必須跟魔偶戰鬥嗎？

我們持續前進，通道就愈變愈寬。現在的寬度就算把熊緩和熊急變回平常的大小也沒問題。

「卡麗娜，通道還會再變窄嗎？」

「每次路線都會改變，所以我也不知道。可是，上次來的時候好像沒有變窄。」

「既然這樣，我先把熊緩和熊急變回原狀。萬一妳走錯路，騎著熊緩也不用擔心。」

「我才不會走錯路！」

卡麗娜鼓起臉頰。

為什麼人一看到鼓起的臉頰就會想用手指去戳呢？

我壓抑著想戳卡麗娜臉頰的衝動，對熊緩和熊急詠唱咒語。

「變大吧～變大吧～」

當然，我根本不需要唸咒語。可是變小的時候有唸，變大的時候卻沒唸就太奇怪了。

熊緩和熊急變回原本的大小。我請卡麗娜騎上熊緩，我則騎上熊急。

「熊緩，你要照卡麗娜的指示走喔。」

「咿～」

「優奈小姐，熊緩牠們還能變得更大嗎？」

「不能，我只能把牠們變成小熊或這種大小。」

順帶一提，我也不能把牠們變成中間的大小。

只能把牠們變成普通的大熊或小熊的尺寸。

「這樣啊。」

卡麗娜就像聽說自己不能變小時一樣，露出失望的表情。

「我還以為是變大的熊緩跟巨大毒蠍戰鬥的呢。」

如果牠們能變大，戰鬥起來確實比較輕鬆，但戰鬥場面應該會變得像是大怪獸的對決。最重要的是我會失去出場機會，那可不行。熊緩和熊急應該由我來守護。

熊緩邁出步伐，在T字路口停下來。

「熊緩，走右邊。」

「咿～」

熊緩按照卡麗娜的指示往右轉。

「對了，妳當初弄丟水晶板的地圖時是怎麼回去的？」

我們已經通過T字路口或十字路口好幾次。如果回去時沒有地圖，應該會迷路。萬一走錯路，就連回頭都有困難。

「呃，因為當時還沒有走多遠。」

據卡麗娜所說，她很高興能從巴利瑪先生手中收到水晶板，只走了一小段路便搞錯路線。因為如此，他們才能回來。

走錯路的卡麗娜碰到地洞陷阱，差點跌落深淵。當時巴利瑪先生抓住了卡麗娜，她才沒有掉下去。可是，巴利瑪先生的手臂因此受傷，水晶板也從卡麗娜的手中掉進洞裡。

因為卡麗娜犯下的錯，父親受了傷，家族代代相傳的水晶板也掉進洞裡。可是，聽說巴利瑪先生並沒有生氣。

「父親大人說幸好我沒事，可是，當時我真希望父親大人是伸手去抓水晶板，而不是我。」

「妳這麼說就不對了。比起水晶板，巴利瑪先生更重視妳。如果妳否定這份心意，巴利瑪先生太可憐了。妳確實犯了錯，但也被巴利瑪先生救回一命，還把遺失的水晶板找回來。雖然不是完全沒問題，但妳還是努力挽回自己犯下的錯。所以，這次妳只要別再重蹈覆轍就好。」

「……是。」

卡麗娜露出非常燦爛的笑容。我們一定要成功更換魔石。

打起精神的卡麗娜為了不走錯路，每次遇到岔路就會先確認水晶板的地圖再前進。人會從失敗中學習。當然也有人不懂得改過，可是卡麗娜無疑是前者。

「卡麗娜，可以讓我看一下水晶板嗎？」

「好的，請看。」

騎著熊緩的卡麗娜停在熊急旁邊，拿著水晶板給旁邊的我看。水晶板以地圖中央的藍點顯示我們現在的位置。

水晶板似乎不會顯示整張地圖，只會顯示附近一小部分。

走過的路和接下來的路線會以黃色標示。原來如此，是要這樣子前進啊。照這個樣子看來，回程應該沒問題。

只不過，唯一的問題在於地圖只擴大了一部分，看不出整體的模樣。

「不能看到整張地圖嗎？」

「是的，只能看到附近的地圖。」

我使用熊熊地圖的技能。

嗯，地圖上確實顯示著我們走過的路線。可是，迷宮明天就會變化，這份地圖派不上用場。

「熊緩，請直走。」

卡麗娜在十字路口直線前進。

我在小學的時候去過遊樂園一次，這裡跟那裡的迷宮很像。

然後，我們又經過幾次岔路，來到一處稍微寬敞的地方。正面有一座階梯，左右兩側也同樣有階梯。

「卡麗娜，要走哪邊？」

「右邊。」

卡麗娜毫不猶豫地選擇右邊的階梯。

我走向右邊的階梯，然後驚訝得啞口無言。階梯是螺旋狀的。

「要走上去嗎？」

「是的，我們要走上這座階梯。」

騎著熊緩的卡麗娜走上階梯。

如果沒有熊熊裝備或熊緩和熊急，我絕對不想爬這種階梯。憑我的虛弱體能肯定無法走完。

我對熊急道謝，請牠走上螺旋階梯。然後，我們在螺旋階梯中途遇到故意使人迷路的岔路。每次卡麗娜都會確認水晶板，但又說「不對」，請熊緩繼續往上走。過一陣子，卡麗娜在登上螺旋階梯的途中說道「走這條路」，並往旁邊的通道前進。

要是沒有水晶板，我們一定會迷路。

難怪沒有人想來挑戰。

我們在通道中前進，又遇到一處岔路。可是，這裡和先前的岔路不太一樣。右邊的路很明亮，左邊則是一片漆黑。以人的心理而言，大家都會想走明亮的右邊，不想走陰暗的左邊。

可是，卡麗娜的回答是「左邊」。

「我馬上拿燈出來，請等一下。」

「不用了。」

我把魔力集中在熊熊玩偶手套，製造出光源。形狀像熊臉的光球在眼前飄浮。

「……是熊熊。」

「好，我們走吧。」

我呼喚呆呆地望著熊熊之光的卡麗娜，往陰暗的通道前進。熊臉造型的光球照亮了陰暗的道

路。卡麗娜一直注視著飄浮在半空中的熊熊之光。這樣盯著光球對眼睛不好，所以我提醒她：

「卡麗娜，妳要記得看水晶板喔。」

「好、好的，不好意思。」

卡麗娜立刻把視線轉回水晶板。

「那個，請問光球為什麼不是普通的形狀呢？」

「熊熊造型比較可愛吧？」

「是，的確沒錯。」

卡麗娜接受了我的說法。我當然能做出普通的光球，但如果沒有特別留意，就會變成熊臉的形狀。為什麼呢？我戴著熊熊玩偶手套握拳又再鬆開。

轉彎後，前方有光線透過來。我們來到一個小房間，又遇到分為明亮道路與陰暗道路的岔路。

「這次要走明亮的路。」

我們按照卡麗娜的指示，往明亮的道路前進。接下來的岔路是通往下方的通道和通往上方的通道。下方明亮，上方陰暗。

我果然還是想走明亮的道路，可是，卡麗娜所指的路是通往上方的陰暗道路。

走在通往上方的道路，我們來到一個稍微寬敞的房間。

「該不會是到了吧？」

「還沒到。」

還沒到啊。我們應該還走不到一小時，但有這麼多岔路真是煩人。

卡麗娜看了水晶板後，毫無防備地走進房間裡。

「優奈小姐，請停下來。」

我按照卡麗娜說的話，停了下來。

環顧四周，這個房間比想像中更寬敞，而且眼前有一個大洞。除此之外，大洞上方還架著三座通往另一頭的橋。

「請走右邊的橋。」

「如果走其他的橋就會掉下去嗎？」

「我不知道，但很有可能。不過只要有優奈小姐的魔法，就可以架起通往對面的橋呢。」

本來應該是要運用智慧、力量、魔法與技術來突破這些難關吧。可是，卡麗娜手中的水晶板會告訴我們正確的道路。

我們過橋，繼續前進。

迷宮裡有陷阱，還有魔偶的反應。其他地方應該還有很多我們沒有經過的陷阱和複雜的路線。

這種迷宮根本不會有冒險者想要挑戰。

真虧卡麗娜的祖先和穆穆祿德先生願意來挑戰沙漠中的迷宮。當時附近沒有城市或是湖泊，挑戰起來應該比現在還要辛苦許多。我非常敬佩他們。

看著水晶板的卡麗娜一路上都沒有迷路，不斷前進。過一陣子，卡麗娜停下腳步。到了。

我們的眼前有一扇門。

「優奈小姐，我們到了。」

我從熊急背上爬下來，觸碰那扇門。

用推的就能打開嗎？

「優奈小姐，請等一下，我現在馬上開門。」

卡麗娜也從熊緩背上爬下來，移動到門的旁邊。牆上有一個凹槽。卡麗娜把手上的水晶板放進那個凹槽，門便緩緩開啟。

# 346 熊熊更換魔石

門打開了。

看來水晶板也是開啟這扇門的鑰匙。

「優奈小姐，把水晶板拿下來之後，門過不久就會關閉，請快點進去。」

卡麗娜先是這麼提醒我，才拿下水晶板。我們跟著卡麗娜走進門內後不久，後方的門就跟卡麗娜說的一樣，緩緩關了起來。

我掃視這個房間。

一進入房間，最引人注目的就是中央的一個銀盃。少量的水從盃中湧出，流下來的水像噴水池一樣，形成一個池塘。

卡麗娜往房間中央走去。

銀盃前有一座階梯，階梯前有個大約一公尺高的台座，台座上鑲著魔石。

卡麗娜直接登上階梯，站在銀盃前。我也很好奇，於是跟著她走上去。銀盃的直徑大約是一公尺，往裡面探頭就能看到碎裂的魔石沉在水裡。

碎裂的魔石湧出少量的水，宛如擠出最後一絲力氣。

「只要換掉這個魔石就行了吧？」

我們就是為此而來的。

「是的。」

「那麼快點換一換吧。」

「我去把水關掉，請等一下。」

卡麗娜走下階梯，面對階梯前的台座。接著，卡麗娜觸碰鑲在台座上的魔石並灌注魔力，魔石便發出藍白色的光芒，過了一陣子才暗下來。

「這樣就可以把魔石拿出來了。」

我回頭一看，發現自銀盃湧出的涓涓細流已經停止。

「水是可以關掉的嗎？」

「我也是第一次關，以前跟母親大人來的時候曾聽過說明。幸好水真的停止了。」

卡麗娜再度登上階梯，回到銀盃前，接著撥開斗篷，伸手去撿沉在銀盃底部的碎裂魔石。我本來想幫忙，卻被卡麗娜婉拒了。

「請讓我來吧。我會懷著對魔石的感謝之意，把它撿起來。我覺得這是生在伊休利特家的我應盡的義務。」

我尊重卡麗娜的意願，在一旁靜靜看著。

卡麗娜把手伸進裝了水的銀盃裡，小心翼翼地撿起一塊一塊的魔石碎片。從大碎片到小碎片，全都是長年來替這座城市供給泉水的魔石。卡麗娜帶著對碎裂魔石的感謝之意將它撿起，收到布袋裡。

多得足以形成一座湖的水，就是來自這個魔石吧。雖然用「奇幻」一詞來解釋是很簡單，但還是很厲害。

卡麗娜撿起魔石的期間，我決定探索一下這個房間。

整片地板上都刻著某種圖形，看起來像是魔法陣。這就是增加水量的魔法陣嗎？魔法陣也延伸到牆壁上，甚至連天花板都刻著複雜的魔法陣。這整個房間似乎都是增加水量的魔法陣。

如果不走正規路線，而是用破壞牆壁的方式入侵，就會把增加水量的魔法陣毀掉，真是幸好我沒有那麼做。如果那麼做，就算有克拉肯的魔石，湖泊也無法恢復原狀。

話說回來，這種魔法陣真厲害。如果能複製它，在其他地方使用魔法陣來增強力量的話應該會很有趣，但我肯定辦不到。

觀察完四周的我回到中央，在銀盃附近繞了一圈。從盃裡湧出的水很清澈。這些水應該會流到城市，可是城市和這裡有段距離，水到底是怎麼流過去的呢？

我走到銀盃後方，發現這裡也有一扇門。入口有兩個？

意思是正確的路線不只一條嗎？

門的旁邊設有台座。台座上有個凹槽，看起來能放置水晶板。如果把水晶板放上去，這扇門

就會像入口一樣開啟嗎？

「那裡是出口。」

我正在門前徘徊的時候，從上方看到這一幕的卡麗娜這麼告訴我。

「出口？」

「對，回程可以走那裡。」

原來入口和出口是分開的啊。會不會是有什麼理由呢？

我在房裡繞了一圈，回到階梯前。

撿完魔石碎片的卡麗娜走下階梯，來到我面前。

「讓妳久等了。」

我看著卡麗娜，發現她的手和衣服都溼了，便從熊熊箱裡取出毛巾遞給卡麗娜。

「謝謝妳。」

卡麗娜用毛巾擦拭手和衣服。如果這種時候有可以烘乾衣服的魔法就方便多了。話說回來，就算我真的會用，具備防水功能的熊熊布偶裝也不需要那種魔法。

不過，可以烘乾長髮的話應該很方便吧？

「優奈小姐，謝謝妳。我會先洗過再還給妳。」

「不用啦，反正也沒弄髒，而且很快就乾了。」

我從卡麗娜手中接過毛巾，放到熊緩的背上。

「咿～」

熊緩好像有什麼意見。因為熊緩的背部很溫暖，我覺得毛巾應該很快就會乾了，但牠好像不太情願。算了，反正我隨時都能晾乾，於是把毛巾收進熊熊箱。

「優奈小姐，可以請妳把魔石給我嗎？」

卡麗娜用認真的眼神拜託我。她看起來有點緊張。

我從熊熊箱裡取出克拉肯的魔石，交給卡麗娜。卡麗娜小心翼翼地用雙手接過魔石，以免掉到地上。

「一想到這個魔石關係到城市的命運，我就覺得好重。一想到萬一換了魔石還是沒有水湧出來，我就好害怕。」

卡麗娜拿著魔石的手正在發抖。我觸碰她拿著魔石的手。

「優奈小姐……」

「別擔心，妳都努力到現在了，換掉魔石就一定能修好。」

卡麗娜點點頭，然後緩緩登上階梯。她停在銀盃前，輕輕吐出一口氣，接著慢慢把克拉肯的魔石放到銀盃裡。卡麗娜定睛注視著沉入盃中的魔石。

「卡麗娜？」

「不好意思。」

我出聲呼喚，卡麗娜才走下階梯。

「接下來只要啟動魔法陣，應該就沒問題了。」

卡麗娜走到台座前，帶著緊張的神情觸碰台座上的魔石。她先是深呼吸，然後手開始使勁，對台座上的魔石灌注魔力。

於是台座上的魔石發出藍白色的光芒，地面的魔法陣也跟著發光。光芒擴散到整個房間，使得周圍都籠罩在眩目光芒中。接著，光芒慢慢消散。

我聽到卡麗娜驚呼的聲音，只見銀盃湧出泉水。

水勢沒有停止，不斷湧出。

成功了。

我正想對卡麗娜說話，轉頭望向她。

卡麗娜的眼眶也像銀盃般湧出淚水。

「……卡麗娜。」

「嗚嗚，太好了。」

卡麗娜看著溢出的泉水流淚。她沒有伸手拭淚，只是注視著銀盃湧出的泉水。

「這樣城市就……優奈小姐……非常……謝謝妳……」

卡麗娜淚眼汪汪地對我道謝。我用手帕替她擦眼淚。

「好啦，別哭了。」

「優奈小姐……」

我擦拭淚溼的臉頰，她的眼淚卻流個不停。應該是因為心中的大石頭總算放下來了吧。水魔石的破損、城裡的湖泊枯竭、水晶板的地圖遺失、父親受傷、魔物大量出現、居民紛紛逃離城市——許多的不幸接連發生。

雖然這些不該全都由卡麗娜來承擔，遺失水晶板的卡麗娜卻感到十分自責。

可是，我們已經找到水晶板，也換上新的水魔石。泉水恢復原狀，一切都結束了。我們也順便打倒了魔物，應該不會再有居民想要離開。

這麼一來，卡麗娜也卸下肩上的重擔。

我溫柔地擁抱她，讓她盡情哭泣。

「優奈小姐，真的很謝謝妳。熊緩、熊急，我也要謝謝你們。」

卡麗娜放開了我。

「妳已經沒事了嗎？」

「是的，很抱歉突然哭出來。」

卡麗娜揉了揉哭紅的雙眼。可是，她的臉上掛著燦爛的笑容。

她高興地看著湧出的泉水。這幅景象在卡麗娜心中似乎是最美的風景。

有好一段時間，卡麗娜一直注視著泉水。

「別擔心，水不會停下來的。」

我不知道未來會怎麼樣，但還是為了讓卡麗娜安心而這麼說。

「是。」

「那麼，我們回去跟巴利瑪先生報告吧。」

不能一直待在這裡，巴利瑪先生會擔心的。

我們走向銀盃後面的門。這裡是回去的出口。

卡麗娜觸碰門旁的魔石，門便敞開。門的另一頭也有某種東西打開的聲音傳了過來，而且聲音不只一、兩個。

「優奈小姐，我們走吧。」

門的另一頭是階梯，我們沿著階梯往下走。

過一陣子，身後的門發出關閉的聲音。門果然會自動關閉。我們稍微走下階梯，再稍微走一段路，接著又稍微走下階梯，再稍微走一段路。

走出通道，便回到一開始的迷宮入口。

「我們回來了。」

「回程這麼簡單嗎？」

「是的。」

「太奇怪了吧？為什麼不能連去程都走這條路？」

「我第一次經過時也這麼想。可是，去程好像不能走這條路。」

我們一走到通道外，後方的通道便傳來牆壁移動的聲音。

「我想應該是路被封住了。」

為了不讓人使用這條路啊。

可是，我實在是難以接受。

# 347 熊熊回到迪賽特城

換完魔石的我們回到城裡。

「卡麗娜大人！」

大門的守衛呼喚卡麗娜。

「發生什麼事了嗎？」

「請問是不是卡麗娜大人做了什麼呢？」

「發生什麼事了？你不說明的話，我也不明白啊。」

「不好意思，其實是剛才湖泊噴出了水柱，那些水都灑向城市了。」

「真的嗎！」

「是的，城裡因此陷入一陣騷動。」

「請放心，是湖水恢復原狀了。父親大人應該會說明詳細情形。」

「是嗎？我們還很擔心湖水日漸減少的問題呢，真是太好了。」

聽完卡麗娜說的話，男人的臉上浮現放心的表情。

347 熊熊回到迪賽特城

我們走進城市。

正如守衛所說，湖泊噴出的水使地面變得很潮溼。

而且，城市的氣氛也與以往不同。大家的臉上都掛著高興的表情。

我們去看了湖泊的狀況，發現周圍已經擠滿了人。大家都看著湖面。

「大家該不會都是來看水柱的吧？」

「可能是。不管怎麼樣，我們趕快回去找父親大人吧。」

我們穿過圍觀湖泊的人群後方，往宅邸前進。

回到宅邸時，我們又看到一大群人。

大概是想向巴利瑪先生詢問水柱的事，他們才會聚集到這裡。

「這樣就進不去了。」

我們正在思考該怎麼辦時，熟悉的聲音從宅邸那邊傳了過來。

「巴利瑪先生晚點會發表談話，請各位稍安勿躁。」

「那是梅爾小姐嗎？」

不只是梅爾小姐，連傑德先生、瑟妮雅小姐和托亞也在。

傑德先生等人正在呼籲現場的居民冷靜。

雖然場面沒有失控，但如果卡麗娜被發現，可能會引起騷動。

「優奈小姐，該怎麼辦呢？」

直接走過去的話，有可能會被包圍。

「沒辦法了。」

「優奈小姐？」

我繞到卡麗娜身後，用公主抱的方式把她抱起來。

「優奈小姐，妳在做什麼！」

「妳要抓緊喔。」

我抱著卡麗娜開始助跑，然後高高跳起。

「哇啊啊啊啊啊啊啊啊啊啊啊啊！」

卡麗娜發出尖叫。

這個聲音讓居民都抬頭一看。

「那是什麼？」

「鳥？」

「是鳥。」

「不對，是熊。」

「是熊熊啦。」

「熊在天上飛！」

在居民的驚叫中，我跳過他們和圍牆，在宅邸的圍牆內著地。

我漂亮著地，想像自己的頭上浮現「10．0」的分數。只要有了熊熊裝備，就算要拿奧運金牌也不是夢想。不過，怎麼看都算犯規就是了。

看到我的人和沒看到我的人正在圍牆另一頭說著「熊在天上飛」、「熊才不會飛」、「那一定是熊」、「我就說熊不會飛了啊」之類的話，彼此爭論不休。另外，根據角度的不同，有些人可能看不出我是什麼樣子。對於能在那一瞬間看出我的裝扮是熊的人，我不禁感到佩服。

我把卡麗娜放下來。

「優奈小姐，既然要跳就先說一聲嘛。我嚇了一大跳。」

卡麗娜站到地面上，雙腳顫抖。

「妳漏尿了嗎？」

「我才沒有！」

卡麗娜用拳頭連連敲打我。看來她沒事。

「優奈，妳回來了啊。」

「傑德先生，你們怎麼會來這裡？」

「我們的事不重要，妳快去向巴利瑪先生報告吧。巴利瑪先生正在等妳和卡麗娜。」

對喔，我們得快點回去報告。

「優奈小姐，我們去向父親大人報告吧。」

我和卡麗娜走進宅邸，一進屋便遇到拉瑟小姐，她馬上帶我們去見巴利瑪先生。

「卡麗娜！優奈小姐也回來了。」

巴利瑪先生和莉絲堤爾小姐都在，連他們的兒子諾里斯也在場。

「父親大人、母親大人，我回來了。對了，我想請問一下，聽說湖泊噴出水柱，是真的嗎？」

「是啊，不過在說明之前，我想先聽聽妳們的報告。」

「好的。」

卡麗娜說起水魔石已經順利更換的事，還有水量已經恢復正常的事。

「這樣啊，卡麗娜，這次真是辛苦妳了。」

「不，這件事原本就是因為我弄丟水晶板而起的。」

「優奈小姐，我也要謝謝妳。如果沒有妳的幫忙，這座城市或許已經完蛋了。」

巴利瑪先生深深低頭道謝。

「那麼父親大人，請問水柱是怎麼一回事呢？」

我不太清楚，但卡麗娜似乎有什麼頭緒。

「卡麗娜，妳應該也知道，這座城市有個一年一度的慶典。」

「是的，那時候湖水會像噴水池一樣噴發，整座城市就像下雨一樣。」

「沒錯。這個現象在不久前發生，所以全城的居民都很驚訝。」

「可是，慶典是……」

「會發生這種現象是有理由的。」

據巴利瑪先生所說，這座城市有個一年一度的慶典。那時候湖水會像間歇泉一樣噴發，在整座城市降下一場雨。

慶典原本的目的是清理銀盃以表達感謝之意。清理銀盃的時候，必須暫時關掉魔法陣。重啟魔法陣之後，湖水就會出現間歇泉般的現象。

這項例行公事漸漸演變成城市的慶典，同時也彰顯了領主伊休利特家的權力。

這次我們為了更換魔石而關掉魔法陣，隨後又再啟動，因此水才會噴出，使得看到水柱的居民聚集到湖邊，又跑到巴利瑪先生家詢問理由。

傑德先生等人也在其中，於是出面幫忙維持秩序，直到我們歸來為止。

巴利瑪先生等人為了聽我們的報告，一直都在宅邸等待。

「既然如此，請快點去跟居民解釋吧，傑德先生他們都很傷腦筋呢。」

「說得也是。」

為了向居民解釋這次的事，巴利瑪先生從座位上起身。身為母親的莉絲提爾小姐也同時站起來。

「我也跟你一起去。」

「可是，妳的肚子……」

「我沒事的。你不是也受傷了嗎？這次是要報告好消息，不會有危險的。」

「既然這樣，我也要去。」

「我也……」

「卡麗娜、諾里斯……好，大家一起去吧。」

一家人都走到屋外，說明湖水恢復原狀的事。巴利瑪先生為了讓居民不安一事道歉，同時拜託大家放心。

巴利瑪先生的說明傳了出去，使整座城市恢復活力。湖旁擺起許多攤販，街上到處都瀰漫著慶典的熱鬧氛圍。

我和卡麗娜在恢復活力的城市裡散步，經過以前拜訪過的香料店附近。

「卡麗娜大人。」

老闆從店裡走出來。

「請問湖水真的恢復原狀了嗎？」

「真的，已經沒事了。所以，希望各位不要離開這座城市。」

「好的，我們當然不會離開。我會跟內人商量，繼續留在這座城市。」

這番話讓卡麗娜露出打從心底高興的表情。她的辛苦總算有了回報。

這天晚上，精神上很疲憊的我正準備上床睡覺。雖然身體不怎麼累，但我畢竟跟著卡麗娜四

處奔波。這身熊裝扮很顯眼，傑德先生等人又問了我好多問題，所以我真的很累。

我換上白熊服裝，召喚小熊化的熊緩和熊急。牠們的蓬鬆毛皮摸起來還是一樣舒服。光是抱著熊緩和熊急，疲勞就好像會漸漸消失。

靠熊緩和熊急補充能量的我正要鑽進被窩的時候，一陣敲門聲響起。

「優奈小姐，妳還醒著嗎？」

「卡麗娜？我還醒著。」

我對門這麼說，卡麗娜便帶著枕頭走進房間。

「怎麼了嗎？」

「那個……請問我可以跟妳一起睡嗎？」

「可以啊。」

她連枕頭都帶來了，我當然沒辦法拒絕。卡麗娜高興地走到床邊。

「優奈小姐，妳現在是白色的呢。」

卡麗娜看著我身穿白熊服裝的樣子。

「我睡覺時會這麼穿。」

雖然平常也可以這麼穿，但能消除疲勞的白熊服裝都被我當成睡衣。

「白熊的裝扮也很可愛。」

「妳的衣服也很可愛啊。」

卡麗娜也穿著白色的可愛睡衣。

跟我比起來，她可愛多了。

「優奈小姐，妳就快要回去了吧？那樣一來，我也得跟熊緩和熊急說再見了。」

卡麗娜摸著小熊化的熊緩和熊急。

我不包括在裡面嗎？

熊熊要哭了。

「一想到以後就見不到優奈小姐，我就覺得好寂寞。」

幸好我也包括在裡面。

「我還會再來的。」

「真的嗎？」

「嗯，我想來買香料，而且最重要的是，我也想來見妳啊。」

只要設置熊熊傳送門，我就能瞬間抵達這裡。得找個地方設置熊熊傳送門才行。

「一定要來喔，我們約好了。我會等妳來的。」

「我保證。」

不久前還掛著憂鬱表情的卡麗娜一聽到我這麼說，立刻綻放花一般的笑容。

「熊緩、熊急，我們下次見。」

「「咿～」」

「嗚嗚，我還是捨不得分開。」

卡麗娜抱住熊緩和熊急。

「既然這樣，我送妳一樣好東西。」

「好東西？」

我從熊熊箱裡取出熊緩和熊急的布偶。看到布偶的卡麗娜睜大眼睛凝視著布偶。

「這是熊緩和熊急的布偶。只要有了這個，妳就不會寂寞了吧？」

卡麗娜拿起熊緩布偶。

「我可以收下嗎？」

「妳要好好珍惜它們喔。」

「真的很謝謝妳。」

卡麗娜抱緊熊緩和熊急布偶，被她放開的熊緩和熊急則在一旁露出輸給布偶的悲傷表情。

「可是，怎麼辦呢？要是抱著布偶，我就不能抱熊緩和熊急了。」

「既然這樣，妳今天就抱著真正的熊緩和熊急吧。」

「好的，就這麼辦。」

卡麗娜下床，把布偶放到桌子上。然後，她走回來抱起熊緩和熊急，躺到床上。

「優奈小姐，請說些故事給我聽吧。」

「故事？」

事。」

「是的，例如優奈小姐居住的城市、去過的地方、跟什麼魔物戰鬥過等等，各式各樣的故事。」

「嗯～該從哪裡說起呢……」

我稍微聊起自己的事。

我說了一陣子，身旁便傳來沉睡的呼吸聲。看來卡麗娜已經睡著了。另外，卡麗娜下意識地抱住熊緩。我呼喚一臉寂寞的熊急，把牠抱在懷裡。

「晚安。」

為了消除今天的疲勞，我也進入夢鄉。

# 348 熊熊收到巴利瑪先生的謝禮

早上醒來，我發現卡麗娜正抱著我睡覺。就寢前被卡麗娜抱住的熊緩正窩在她的身邊睡覺。被放開的感覺究竟是高興還是寂寞，只有熊緩才知道，總之牠現在正睡得香甜。

順帶一提，熊急也在我的懷裡睡得很熟。總而言之，我叫醒了正在熟睡的大家。

吃完早餐後，巴利瑪先生請我去他的辦公室。針對這次的事，他似乎想跟我好好談談。

「優奈小姐，我要重新向妳表達謝意，真的是感激不盡。卡麗娜也重拾笑容了，這都是多虧優奈小姐。這幾天，卡麗娜一直非常自責。不管我們怎麼說，她都無法原諒自己，甚至關在房裡哭泣。身為父親，我竟然無法安慰女兒，也無法拯救她的心。可是，優奈小姐救了卡麗娜。我真的非常感謝妳。」

我第一次遇到卡麗娜的時候，她就像是被逼急了。可是，卡麗娜一直很努力。她明明這麼嬌小，真的很不容易。

就算遇到魔物，她也沒有逃走，更沒有輕言放棄。如果是小孩子，可能會怕得不敢去，或是做出任性的行為。可是，卡麗娜並沒有那麼做。她很清楚自己的職責，也沒有妨礙我們。

我對巴利瑪先生這麼說，他便露出非常高興的表情。

「那麼優奈小姐，可以跟妳借一下公會卡嗎？我想把這次的事記錄到公會卡裡。」

我記得委託人應該是國王。巴利瑪先生指的是我和傑德先生等人一起執行的委託嗎？

我把公會卡交給巴利瑪先生。接過公會卡的巴利瑪先生把卡片放到水晶板上，然後操作水晶板。操作很快便結束，公會卡立刻回到我的熊熊玩偶手套的嘴裡。

「因為妳似乎不想讓毒蠍的事曝光，所以我已經比照克拉肯的方式來處理。」

「你的意思是，只有公會會長之類的高階職位才能看到嗎？」

「是的，如果有人請妳提供狩獵紀錄的證明，我和福爾歐特大人都可以幫忙。請把這封信交給福爾歐特大人，上面寫著這次的事。不過，他也有可能會要求妳拿出毒蠍。」

換句話說，信裡有提到毒蠍的事。我總不能要求巴利瑪先生謊報，所以這也沒辦法。

不過，按照那個國王的個性，他絕對會叫我拿毒蠍給他看。國王應該不會隨便說出去，這點可以放心。目前我打倒一萬隻魔物和克拉肯的事都沒有在王都傳開。只不過，這樣就表示艾蕾羅拉小姐一定會知道這件事，連帶讓克里夫也得知。

我可能又要被克里夫唸了吧？

「對了，除了福爾歐特大人的報酬以外，我也想要另外答謝妳。」

「我會跟國王陛下拿報酬的，不用了。」

國王答應付一筆錢給我，其中也包含克拉肯魔石的費用。反正是由國家出錢，國王本身應該

覺得不痛不癢。

「不，這次的委託內容只有運送魔石過來，尋找水晶板和更換魔石的事都不包含在內。而且優奈小姐還打倒了巨大毒蠍。我們不能就這麼讓妳空手而歸。」

「不用放在心上啦。那裡有毒蠍的事，巴利瑪先生也不知道。我把素材賣掉就能換錢，更換魔石也只是跟著卡麗娜一起去而已。」

更換魔石時，我幾乎什麼也沒做，只是騎著熊緩和熊急，按照卡麗娜的指示跟著走。

「優奈小姐，妳應該意識到自己究竟做了多麼厲害的事。」

我知道巴利瑪先生想表達的意思，但我不喜歡賣人情。可是，不管我怎麼拒絕，巴利瑪先生還是堅持要答謝我。

這時候，我想到一個要求。

今天我本來打算去商業公會，購買可以設置熊熊傳送門的房子。

經過一番考量，我決定在城市裡的房子設置熊熊傳送門。我也考慮過設在金字塔裡或是沙漠中，卻礙於魔物和他人的目光而作罷。既然如此，在城市裡買個小房子，把熊熊傳送門設置在裡面似乎比較好。

於是我向巴利瑪先生提出請求。

「那麼，可以請你替我寫一封給商業公會的介紹信嗎？」

「給商業公會的介紹信？」

「我想要在這座城市買一棟房子。畢竟我……呃，是這副裝扮嘛。」

我重新向巴利瑪先生展示自己的裝扮。

「是熊熊的裝扮呢。」

「在旅館住宿的時候，別人會用異樣眼光看我，所以我想買一棟來這座城市的時候可以住的房子。」

「呃，為什麼不換成普通的衣服呢？」

正常人都會這麼想。可是，我立刻回答這個疑問。

「我不會換衣服的。」

雖然我很想換，但也沒有勇氣穿著普通衣服住在旅館。要是脫掉熊熊服裝，我就會變得比普通女生還要弱。在自己家就算了，我可不敢在旅館穿著普通的衣服。而且，熊熊傳送門不能設在旅館裡。

「就算我說要買房子，但依這副打扮和年齡很難取得信任，我也不想被推銷一些奇怪的地段或奇怪的房子。」

為了設置傳送門，我試著解釋。

過去除了克里莫尼亞以外，我都是借助別人的力量來買房子。王都有葛蘭先生和艾蕾羅拉小姐幫我，密利拉鎮有阿朵拉小姐幫我，拉魯滋城有雷多貝爾先生送我一棟房子，精靈村落有穆穆祿德先生給我許可。就是因為如此，我才能順利興建熊熊屋，或是購買房子。

所以在這座城市，只要有巴利瑪先生的介紹信，我應該能在不引起糾紛的情況下買到房子。

「妳明明沒有要定居在這裡，卻只因為這點理由就要買房子嗎？」

「我只想要一棟小房子。畢竟我也已經答應卡麗娜要再來找她了。」

「既然如此，拜訪這座城市的時候，妳可以住在這個家。那樣一來，我女兒也會很高興。」

住在這裡的話，就跟投宿旅館一樣不能設置熊熊傳送門了。

「我不知道什麼時候會抵達城市，而且說不定會給你們添麻煩……」

我想想，還有什麼藉口呢……

「怎麼會麻煩呢……好吧，我明白了。我也不好意思硬是邀請妳，所以我會準備給商業公會的介紹信。如果這樣就可以答謝妳，我很樂意寫信。」

巴利瑪先生這麼說，開始替我寫一封給商業公會的介紹信。

「謝謝你。」

「不，我很高興能多少答謝妳。」

巴利瑪先生一伸出手便露出痛苦的表情。見狀，我決定完成在這裡的最後一份工作。

「巴利瑪先生，可以讓我看看你受傷的手嗎？」

「手嗎？」

巴利瑪先生捲起衣服，讓我看看發紅且腫脹的手臂。大概是為了抓住差點掉進洞裡的卡麗娜才會受傷。

「這件事請你一定要保密。」

我將熊熊玩偶手套靠近腫起的手臂，使用治療魔法。我想像傷勢復原的樣子，以及紅腫消退的樣子。於是，發紅的手臂漸漸恢復為普通的膚色。

「這樣應該就沒事了。」

巴利瑪先生轉了轉手臂。

「不會痛了。」

「要是勉強亂動，可能還會覺得痛。只要正常生活，我想應該就沒問題了。」

「優奈小姐，妳究竟是什麼人？」

「我只是個冒險者。這次的事情不可以對任何人說喔。」

我用熊熊玩偶手套抵住嘴巴。

「我明白了，我不會對任何人說。謝謝妳的幫助。」

巴利瑪先生每次因痛楚而皺起眉頭的時候，卡麗娜都會很難過。這麼一來，卡麗娜就不會再擔心了。

「請你晚點再去抱抱卡麗娜吧。」

「真是感激不盡。」

巴利瑪先生說起不知道是第幾次的謝詞。

然後，我向巴利瑪先生詢問商業公會的地點，走出辦公室。我打算立刻前往商業公會，一走出門就遇見站在走廊上的卡麗娜。

「優奈小姐，妳等一下要去什麼地方嗎？」

「嗯，我要去買個東西。」

「妳要買什麼呢？」

「我想買一棟房子。」

「妳要買房子嗎！」

「這樣下次來的時候才有地方可以住啊。要是住在旅館，我這種打扮會惹上很多麻煩。」

我也對卡麗娜說了對巴利瑪先生說過的藉口。雖然卡麗娜也勸我來訪城市時住在這個家，但我以添麻煩為理由拒絕了。

於是，我和卡麗娜一起來到商業公會。

「這裡就是商業公會。」

卡麗娜帶我來到商業公會，這裡和冒險者公會的距離比想像中還要近。

「希望可以找到好房子。」

畢竟是個打扮成熊的女孩要買房子，有可能會被隨便打發。在原本的世界，以我的年齡而言，一個人去不動產公司也買不到房子。

所以，我才會請巴利瑪先生替我寫介紹信。有了這座城市的領主寫的介紹信，公會應該就願意認真接待我。

「如果有什麼萬一，我會幫忙說話的。」

「卡麗娜，妳不必開口。」

「為、為什麼！」

卡麗娜有點生氣地抗議，於是我向她說明理由。

「因為我不希望妳變成那種會濫用父母權力的小孩。」

如何使用權力是個難題。如果胡亂使用，就有可能造成他人的不幸。

「雖然巴利瑪先生是領主，但如果妳也用同樣的態度對別人，可能會有人覺得不是滋味。」

不論是卡麗娜還是諾雅，我都希望她們不要在成長過程中使用父母的權力。長大之後，她們也會獲得和父母相同的權力。直到那一天之前，她們最好不要學會命令或欺壓別人。那樣的小孩長大之後就會失去對於他人的同理心。

「雖然妳是領主的女兒，但我希望妳不要以為自己和父親擁有相同的權力。而且，我希望妳以後不要變成一個只會命令別人的大人，而是會好好思考的大人，懂得做出對大家好的決定。」

可是看著現在的卡麗娜，我覺得她應該沒問題。

希望她可以繼續健全地成長。

卡麗娜聽懂了我的話，對我答道：「好的。」

# 349 熊熊買房子

我和卡麗娜走進商業公會時，剛好有櫃檯空著。

「優奈小姐，那裡沒有人。」

卡麗娜拉著我的熊熊玩偶手套，跟我一起走向櫃檯。一個二十歲左右的櫃檯小姐沒有注意到我，仍低著頭工作。

「請問……」

「啊，是，不好意思……熊熊？還有卡麗娜大人？」

突然被呼喚的櫃檯小姐嚇了一跳，看到我的打扮又嚇了一跳，看到我旁邊的卡麗娜再次嚇了一跳。真是漂亮的三段驚嚇。

櫃檯小姐交互看著我和卡麗娜的臉，頭上彷彿飄著大量的問號。

好吧，我知道她想說什麼。可是，我沒有義務回答，只是提起我來商業公會的目的。

「我有事想請教，可以嗎？」

「呃，好的，請問有什麼問題呢？」

櫃檯小姐不知所措地點頭。

我說自己想要買一棟小空屋，並遞出巴利瑪先生替我寫的介紹信。

櫃檯小姐看到我拿出的介紹信，不斷輪流看著我、信和卡麗娜。

「卡麗娜大人，這是……」

「不好意思，我只是陪她來而已，不知道父親大人在信裡寫了什麼。」

卡麗娜拿出領主女兒的風範，禮貌地答道。

「我看看，您是優奈小姐嗎？」

櫃檯小姐唸出我的名字。信上有寫名字嗎？

「嗯，我想要一棟空屋，很小也沒關係，請問有嗎？就算有點貴，我應該也買得起。」

我只是要設置熊熊傳送門而已，就算很小也沒問題。不過，櫃檯小姐的回答出乎我的意料。

「不，您不必支付費用。」

「………？」

這次換我的頭上浮現問號。我聽不懂那是什麼意思。可是，櫃檯小姐馬上就回答了我的疑問。

「這封信委託我們替打扮成熊的女孩介紹房屋，而且費用是由伊休利特家來負擔。」

什麼？我沒有聽巴利瑪先生這麼說過。

可是，從巴利瑪先生的表情和言行來看，他確實有可能這麼做。他一開始要我住在宅邸，經過思考後又接受我想買房子的決定，還幫我寫了介紹信。

該不會是因為我拒絕了謝禮，他才會這麼擅自決定吧？說不定就是因為這樣，他才會放棄說服我住在宅邸。

「呃，我想向卡麗娜大人確認一下，這位熊……優奈小姐真的是伊休利特家的客人嗎？」

「優奈小姐是伊休利特家非常重要的客人，我可以保證。」

就算有介紹信，我一個人還是無法取得信任嗎？畢竟是熊嘛。

「我明白了，那麼可以告訴我您對房屋的需求嗎？」

櫃檯小姐忍住想對我的打扮發問的衝動，用工作的態度接待我。從剛才開始，她的眼神就不斷瞄著我身上各個地方。周圍的商人和公會職員說著「是熊耶」、「熊熊」、「好可愛」的聲音傳進耳裡。卡麗娜轉頭去看他們，這才使他們閉嘴。

雖然我要卡麗娜別濫用權力，但這種時候有她在真的幫了我大忙。

我告訴櫃檯小姐，我想要一棟小房子，希望附近有販賣香料的店。如果店家在附近，稍微來買個東西的時候就方便多了。

我這麼說時，卡麗娜從旁插嘴說道：

「請幫優奈小姐找個在我家附近的房子。」

「呃，為什麼？」

「我希望近一點。」

卡麗娜堅定地說。我拗不過卡麗娜，於是回答：「好、好吧。」

看到這一幕的櫃檯小姐笑了。

「那麼請稍等一下，我立刻調查。」

「卡麗娜大人的家在這裡。」「香料店在這裡。」「既然如此，這附近……」「這裡好像也可以？」「這棟太大了。」「…………」櫃檯小姐一面查資料，一面喃喃唸著這些話。

「讓您久等了。」

櫃檯小姐攤開城市的地圖，說明卡麗娜的家和商店街的位置在哪裡。這條路上應該有我上次買過香料的店。既然老闆說要留在這座城市裡，買這附近的房子應該不錯。接著，櫃檯小姐指出候選房屋的地點。每棟房子都位在商店街和卡麗娜家之間。我用熊熊玩偶手套從幾棟房子裡指出靠近商店街的房子。

「這裡好像不錯。」

「那我選這間。」

卡麗娜和我相反，指出靠近自己家的房子。我和卡麗娜的意見完全不同。

「為什麼要選那一間？」

「因為比較靠近香料店。」

「既然如此，這間也沒有太遠，應該沒問題吧。」

「可是，要買東西的話，這裡比較方便啊。」

我和卡麗娜注視著彼此的眼睛，互不相讓。

要我退讓也可以，但我就是忍不住跟她爭。

「那個……既然如此，這間如何呢？」

看到我們互不相讓，櫃檯小姐提議另一間房子。櫃檯小姐指的位置正好在我和卡麗娜指出的地點之間。

「這棟房子相對較新，離卡麗娜大人家不遠，也很靠近商店街。我想應該能符合兩位的意見。」

我和卡麗娜再度看著彼此的臉，互相用「真拿妳沒辦法」的表情微微點頭。我和卡麗娜接受了櫃檯小姐的提議。看到我們的反應，櫃檯小姐露出放心的表情。話說回來，真不愧是商業公會的職員，很擅長仲裁呢。

接下來只要到現場看房子，決定要不要買就行了。如果還是不行，再跟卡麗娜一決勝負吧。

我們和櫃檯小姐一起來到待售的房子。位置正如地圖所示，位在卡麗娜家和商店街中間。我看著房子。

「嗯，不錯。」

雖然是一棟小房子，卻有兩層樓。

「會不會太小了？」

「只是暫住而已，已經很夠了。」

我目前不打算帶一大群人過來。真要一起來的話，頂多只會找知道熊熊傳送門的菲娜而已。就算要來，我也可以當天來回，所以不需要大房子。

「請問要進屋確認嗎？」

「好。」

因為房子相對較新，內部很整潔。可是屋裡稍微累積了一點灰塵，有必要打掃一下。

一樓是廚房和飯廳、浴室、廁所，還有一個小倉庫。二樓有兩個房間。看起來是適合新婚夫婦住的家。

「嗯，我決定買這裡。」

「謝、謝謝惠顧。那麼請暫時回到公會，進行簽約事宜。」

我們回到商業公會。

「那麼，可以請您提供公會卡嗎？」

姓名：優奈
年齡：15歲
職業：熊
冒險者階級：C
商業階級：E

我遞出寫著這些資訊的公會卡。

「職業是熊？」

到底為什麼大家都要看那裡啦。

「對了，關於買房子的費用，我想要支付一半。」

自從聽說買房費用的事，我就不打算讓巴利瑪先生支付全額。可是，我付全額又會辜負巴利瑪先生的好意。所以我決定折衷，由我支付一半的金額。

「這……」

我這番話讓櫃檯小姐一臉為難。

「優奈小姐，這是父親大人的心意，妳就收下吧。」

「我不能全部收下。可是，我也不能拒絕巴利瑪先生的心意，所以才要付一半。就算是妳或巴利瑪先生勸我，我也不會退讓。」

「可是……」

「我會跟巴利瑪先生說一聲的。」

「……好吧。」

卡麗娜不再多說。

我重新向櫃檯小姐詢問買房的金額。

櫃檯小姐望著卡麗娜，確認她的意思。見卡麗娜輕輕點頭，櫃檯小姐才說出房屋的價格。

我支付一半的金額，買下那棟房子。

再怎麼說，也不該收下一棟房子當禮物。

咦，我上次明明用繪本和布偶換到一棟房子？

這個嘛，我後來覺得收下房子好像不太好，所以這次才付了一半金額啊。

順利買到房子的我和卡麗娜為了打掃，再度來到那棟房子。雖然有人管理，但屋內多少還是有點髒。

進屋之後，我召喚小熊化的熊緩和熊急當打掃的助手。因為打掃很需要人手，我決定借助熊手的力量。雖說是幫忙打掃，但頂多是請牠們邊玩邊幫忙而已。

坦白講，其實是因為我們能和卡麗娜相處的時間不多了，所以我想讓她有多一點機會和熊緩與熊急見面。

「卡麗娜，妳也願意幫忙打掃吧？」

「是，當然了。我可不會輸給熊緩和熊急喔。」

我本來考慮請卡麗娜先回去再開始打掃，但卡麗娜說她願意幫忙打掃。卡麗娜住在有女僕的家，我很擔心她這樣的千金小姐會不會打掃，但就算是千金小姐也多少會有打掃的經驗吧。

「…………」

但我的希望破滅了。

「卡麗娜，熊緩在妳下面！」

卡麗娜差點踩到熊緩。

「卡麗娜，危險！」

卡麗娜的頭撞到打開的門。

「卡麗娜，小心腳邊！」

卡麗娜被熊緩和熊急打掃的樣子吸引注意力，踩到地上的抹布。

「卡麗娜，小心水桶！」

這次她不小心翻倒裝了水的水桶，猛然潑出的水因此灑向附近的熊急。

「嗚嗚，熊急，對不起……」

被洗過抹布的水潑到，熊急完全髒了，白色的熊急變成灰色。

熊急難過地叫了一聲。卡麗娜趕緊用手上的髒抹布去擦熊急，我連忙阻止她。

「熊急沒事的，妳繼續擦地板吧。」

我召回熊急，然後再度召喚出來。乾淨的熊急出現在眼前。

「熊急變乾淨了。」

「禁止卡麗娜跟熊緩和熊急一起打掃！」

「嗚嗚嗚，怎麼這樣～」

卡麗娜十分沮喪。

如果我不狠下心來，災情會愈來愈嚴重。

果不其然，打掃完的我們全都累壞了。

# 350 熊熊道別

結束打掃的我回到宅邸，向巴利瑪先生道謝，同時告知自己已經支付一半金額的事。巴利瑪先生雖然有點遺憾，還是對我說：「我明白了。」

然後，我也提到自己兩天後就要離開的事。

明天回去也可以，不過考量到熊熊傳送門的事，我有必要調整時間。信和公會卡上有可能寫著日期，但就算是國王也不會知道我是哪一天出發的，所以應該能順利瞞過去。

隔天，我和卡麗娜為了取得大型蛋，打算前往有鳥的地方。

昨天，拉瑟小姐接到鳥生了蛋的通知。因為我曾說過想要，所以拉瑟小姐拜託人家幫我保留。只要說一聲，對方就會把蛋送到宅邸，可是我想看鳥，所以決定自己去拿。

聽說養鳥的地方在巴利瑪先生宅邸的對岸，也就是湖泊另一頭的農業地帶。我們望著湖，朝那裡走去。湖泊周圍到現在還有許多攤販在做生意。

「大家好像都很開心呢。」

「這也要感謝優奈小姐。」

因為湖水的事，有許多居民都感到不安。巴利瑪先生發表宣言之後，城市漸漸恢復了活力。要是水魔石的水又停止，搞不好會發生暴動。

應該沒問題吧？

雖然我有點擔心，但還是相信沒問題吧。能做的事都做了。

我們一面欣賞街景一面走著，漸漸開始看到農業地帶。

「優奈小姐，就是那裡。」

卡麗娜所指的方向蓋著小屋，小屋旁邊的湖面有很大的鳥正在游泳。大型鳥該不會就是指那種鳥吧？

我聽到大型蛋就擅自聯想到鴕鳥，但我錯了。在眼前的湖面游泳的鳥是鴨子。

可是，大小跟我所知的鴨子不同。牠們跟鴕鳥差不多大，幾乎可以讓小孩子騎在背上。不愧是異世界，連鳥都很奇幻。

「那麼大的鳥，卡麗娜都能騎了吧。」

「對呀，我騎過喔。」

「真的嗎？」

「只要拜託養鳥的人，他們就會幫忙讓遊客騎上去。」

下次帶菲娜來玩，或許也不錯。

「可是，條件是要會游泳，畢竟有可能掉進湖裡。無法自己游回來的孩子就不能騎了。」

說得也是。要是從鴨子背上掉下來，不會游泳的人就會溺水。既然如此，沒有游泳過的菲娜就不能騎了。不過，去海邊練習游泳之後就行了吧？

很可惜，我是大人，所以不能騎。

啊～身為大人真是太可惜了。

「優奈小姐下次要不要騎騎看呢？」

呃，那是什麼意思？一定是我聽錯了吧。

「優奈小姐可以騎喔。」

「是啊……」

我這麼說，暗自感到悲傷。我或許不算大人，但也不是小孩子啦。

我們來到飼養鴨子的小屋，看到幾個男人正在工作。他們一發現我們，立刻對我的打扮感到驚訝。

「熊？……卡麗娜大人？」

大家一開始都會把目光放在我身上。畢竟我是熊，這也沒辦法。

男人們正一臉疑惑的時候，卡麗娜對他們說道：

「我們聽說有蛋，所以過來拿了，請問方便嗎？」

卡麗娜說明我們來訪的理由。跟我相比，由卡麗娜來談會比較順利，所以我交給她處理。

「是的，當然有。」

一個男人畢恭畢敬地對卡麗娜說道。

面對領主的女兒，大家的態度果然都很有禮貌。

男人帶著我們走進小屋，來到放著蛋的地方。

「這些是昨天產下的蛋。」

我們來到房間深處，看到跟電視上的鴕鳥蛋差不多大的兩顆蛋。

分量大概是普通雞蛋的幾倍呢？不知道味道如何？

我有點期待。

「我真的可以把這兩顆蛋都拿走嗎？」

「當然，請收下吧。」

「謝謝你。」

我付了錢給男人，取得大鴨蛋。

卡麗娜說：「父親大人說他會付錢，沒關係的。」可是我還是自掏腰包。既然是伴手禮，當然要用自己的錢買。

這樣一來就有好禮物能送給孤兒院的孩子們和菲娜等人。我很期待看到大家驚訝的表情。

要做成巨大荷包蛋嗎？還是布丁？做成什麼料理比較好吃呢？

我向男人道謝，走出小屋。

話說回來，雖然我剛才覺得自己已經是大人，沒辦法騎大鴨子，但靠近一看又覺得有點想騎看看。

拿到蛋的我們回到宅邸時，巴利瑪先生正忙於工作。雖然他的傷已經治好了，但他突然這麼賣力工作還是讓我很擔心。

其實休息是對身體最好的良方，不過我還是送了神聖樹的茶葉給拉瑟小姐，拜託她一天泡一杯給巴利瑪先生喝。

神聖樹茶的效果已經被克里夫證實了。我希望巴利瑪先生不要太勉強自己。我身邊有很多熱愛工作的人。

身為一個前家裡蹲，我實在難以理解。

到了晚上，我和昨天一樣跟卡麗娜一起睡覺。當然，我也有召喚熊緩和熊急。我明天就要回去王都，會有一陣子見不到卡麗娜。

就算有熊熊傳送門，常常來訪還是會被懷疑，所以即使要來也得再等一段時間。

「優奈小姐，妳明天就要回去了吧。」

「我還會再來的。」

「說定了喔。」

「既然都買了房子，我一定會來的。」

「熊緩、熊急，你們也要保重喔。」

「「咿～」」

卡麗娜抱住小熊化的熊緩和熊急。

「妳今天就跟牠們一起睡吧。」

「可以嗎？」

「所以妳不能哭喔。」

「我才不會哭呢！」

卡麗娜從原本寂寞的表情轉變成氣得鼓起臉頰的表情。比起寂寞的表情，這樣的表情還比較可愛。

我們鑽進被窩。我和卡麗娜在寬敞的床舖上稍微空出一點空間，讓熊緩和熊急躺在卡麗娜的兩側。

房間陷入一片寂靜。這時候，卡麗娜對我說道：

「優奈小姐，真的很謝謝妳。如果沒有妳，我可能到現在還在哭。」

「……」

「別說是哭了，我可能已經被自己犯下的錯誤壓垮了吧。雖然父親大人和母親大人都對我很好，但我一想到自己可能害這座城市消失，就難過得睡不著覺。」

「……」

「真、真的很謝謝妳。」

我聽到啜泣的聲音。

我溫柔地抱住卡麗娜。然後過了一陣子，可能是哭累了，也可能是感到安心，卡麗娜發出沉睡的呼吸聲。

卡麗娜真的很努力。

我很慶幸自己能拯救卡麗娜。

隔天早上，吃完早餐的我向大家道別。

「優奈小姐，請妳一定要再來拜訪。」

「我一定會來的。」

我摸摸卡麗娜的頭。

「優奈，真的很謝謝妳。多虧有妳，這座城市才能得救。謝謝妳讓我肚子裡的孩子能有光明的未來。」

莉絲堤爾小姐輕撫自己的肚子。

「祝妳生產順利。」

「這是第三胎了，沒問題的。」

孩子出生之後，我可得帶點禮物來祝賀。

「熊熊，妳要走了嗎？」

「你要跟媽媽和姊姊好好相處喔。」

「嗯！」

和莉絲堤爾小姐牽著手的諾里斯很有精神地答道。

他好像很黏媽媽，不知道能不能接受弟弟或妹妹的出生。

我聽說生了下一胎的母親就會轉移注意力，容易忽略上一胎的孩子。不過，這是所有哥哥姊姊的必經之路，我就樂觀看待吧。

然後，巴利瑪先生走到我面前。

「這次真的受妳不少照顧。另外，謝謝妳贈送的茶葉。多虧如此，我的身體狀況也變好了。」

巴利瑪先生的氣色很好。即使傷已經好了，他先前應該也累積不少精神上的疲勞，還有堆積如山的工作。神聖樹茶似乎很有效，真是太好了。

「小寶寶都快要出生了，再忙也要適可而止喔。」

「好的，我知道自己不能倒下。另外，請代我向福爾歐特大人問好。」

我答應巴利瑪先生。

最後，我看著站在最旁邊的拉瑟小姐。

「優奈小姐，下次請再教我做不同的料理。我也會努力學習更多料理。」

「嗯，我會帶好吃的東西來，也請拉瑟小姐多多指教。」

我在大家的目送下走出宅邸。

雖然卡麗娜想到城市的大門目送我，但那樣就不能使用熊熊傳送門了，所以我婉拒了她。

「優奈小姐！真的很謝謝妳！」

最後，卡麗娜放聲對我喊道。

我對她揮揮手，走向先前買下的房子。

然後，我注意周圍的目光，小心地走進家裡，在最深處的房間設置熊熊傳送門，並開門回到王都。

# 熊熊勇闖異世界13

我居住在一座被沙漠圍繞的城市。一開始這片土地並沒有任何人居住，但漸漸有人聚集到湖邊，最後形成一座城市。建立這座城市的人正是我的祖先。

而且，我的家族有一份代代相傳的職責，那就是管理湖泊。

我們一年要去附近的金字塔幾次。金字塔的深處有產生湖水的魔導具。魔導具能加強大型水魔石的力量，湧出許多泉水。

得知最近湖水開始減少，父親大人和母親大人便一起去金字塔確認狀況。可是，確認完的父親大人和母親大人帶著悶悶不樂的表情回來了。

他們說水魔石碎掉了。雖然碎掉的魔石還會繼續湧出水，但遲早會停止。

父親大人寫信給兩個鄰國，拜託對方準備能替換的水魔石。可是父親大人也說過，魔石並不是能輕易取得的東西。魔石要夠大，而且還是水魔石，所以更難找了。

父親大人決定蒐集較小的水魔石，帶去金字塔。這麼做當然也有可能行不通。

「就算無法代替，能夠盡量增加水量也好。」

不試試看不知道結果如何，所以父親大人和母親大人決定再去一次金字塔。可是，母親大人按著自己的大肚子。母親大人的肚子裡懷著小寶寶，不能讓她太勉強。

但是，想去金字塔深處必須仰賴母親大人的力量。我們必須先通過金字塔的迷宮，才能抵達放置水魔石的地方。迷宮錯綜複雜，還有危險的陷阱。可是，有一個方法能安全地走完迷宮，那就是使用家族代代相傳的水晶板。只要有水晶板顯示的地圖，就不會在迷宮裡迷路。

可是，水晶板的地圖並不是任何人都能使用。只有建立這座城市的祖先所生下的後代子孫能使用水晶板的地圖。

目前能用的人有母親大人、我和弟弟諾里斯。我們不能讓懷著小寶寶的母親大人太勉強，而且諾里斯的年紀還小，因此，只有我可以代替母親大人。

「我來代替母親大人去金字塔。」

聽我這麼說，父親大人和母親大人很驚訝。

我曾經跟著他們一起去金字塔幾次，也拿過幾次地圖，所以知道怎麼用。

「我可以代替母親大人，拿著地圖帶路。而且，我不想讓母親大人太勉強。」

多虧有湖泊，城市裡很涼爽。可是，城市外非常炎熱，懷著小寶寶的母親大人常常出城不是一件好事。

上次從金字塔回來的時候，母親大人的表情很疲憊。

父親大人看著母親大人的肚子，溫柔地微笑著說道：「既然如此，我們就拜託卡麗娜吧。」

這句話就好像認可我是個能獨當一面的大人，讓我非常高興。

隔天，我和父親大人騎著拉格魯特前往金字塔。

我們進入金字塔，來到迷宮的入口。這裡有多到數不清的入口，要是搞錯就糟糕了。

根據傳說和挑戰過的冒險者所言，裡面似乎有無數陷阱。可是，只要有我手上的水晶板，就可以在沒有陷阱的路線上前進，不需要擔心。

「卡麗娜，要走哪個入口？」

我對水晶板稍微灌注魔力，它就會顯示正確的道路。

「走這邊。」

我從無數入口選出一個，走進裡面。父親大人跟在我的後頭。

然後，我看著水晶板往右轉，再往左轉，順利地前進。

「幸好有卡麗娜在。」

父親大人微笑說道。父親大人願意依賴我，讓我非常高興。

「父親大人，走這邊。」

「卡麗娜，不好好看著前面會很危險喔。」

接下這份任務的我高興得轉來轉去，沒有發現十字路口，就這樣往前直走。這個瞬間，我的右腳踩了個空。地上有一個洞。

要往洞裡掉下去了——正當我這麼想的時候，右手感覺到一陣衝擊。

「卡麗娜！」

父親大人抓住我的手。

「卡麗娜，妳沒事吧？」

「父親大人，水晶板快要掉下去了。」

我抱在胸前的水晶板正在慢慢滑落。這塊水晶板是非常重要的東西。

「抱歉，我光是要抓住妳就費盡力氣了。」

父親大人一臉痛苦地抓著我的右手。

「放開我吧，把水晶板……」

我努力把左手抱著的水晶板移到父親大人拿得到的位置。

「別說傻話。」

父親大人試圖把我拉起來，水晶板便從我的胸口往下滑。

「父親大人，拜託，不要管我了，把水晶板……」

「怎麼可能有父親會放開女兒的手？」

父親大人使勁把我拉上去的瞬間，我抱在胸口的水晶板掉進了地洞深處。

「卡麗娜，妳沒事吧？」

「我沒事，可是水晶板……」

我看著水晶板掉進的地洞。這個洞太深了，看不到底部。

「暫時別管了。」

「可是……」

父親大人的手好像很痛。為了抓住差點掉進洞裡的我，他好像傷到手。

「父親大人，你還好嗎？」

「我沒事。不管怎麼樣，趁我們還沒有忘記來時路，快點回去吧。」

「……是。」

沒有了水晶板的地圖，我們就無法繼續前進。如果勉強前進，甚至會一去不回。可是，現在我們還能靠著記憶回頭。

我和父親大人沉默地走回剛才的路。

因為我們還沒有前進很久，所以才能順利走出迷宮。

「……父親大人，對不起。」

「幸好妳沒事。」

父親大人溫柔地抱住我。可是，這讓我很難受。

我希望父親大人能責罵我。

回到家裡的父親大人露出嚴肅的表情陷入苦惱。製造湖水的水魔石碎了，就算要補強或更換，沒有地圖也去不了。隨著日子過去，湖水變得愈來愈少。居民開始人心惶惶，父親大人也忙著應對他們。

為了取回掉進金字塔地洞的水晶板，父親大人向冒險者公會提出委託。

一開始有幾名冒險者接下尋找水晶板的委託，卻沒辦法從廣大的金字塔裡找出水晶板。

既然如此，我也一起去就行了。

我可以知道水晶板的大概位置。用魔力連結至水晶板之後，我就能感覺到它所在的方位。

我瞞著父親大人，到冒險者公會更改委託內容，加上必須帶著我同行的條件。

因為這次的事情是我的責任。

可是，彷彿要阻止我，金字塔周圍開始有魔物聚集，甚至有人目擊到大型魔物出沒。金字塔附近已完全被魔物包圍了。

在這種狀態下，根本沒有冒險者願意帶著我去金字塔。

即使如此，我也不能放棄。

「拜託。」

我今天也來到冒險者公會，請求幫助。

誰都可以，幫幫我吧……

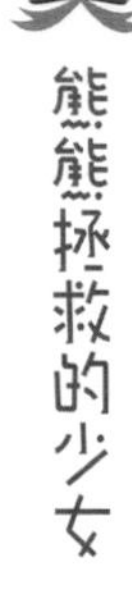


短短幾天內發生了好多事。製造湖水的水魔石碎裂。我在金字塔弄丟家族代代相傳的水晶板，因此害父親大人受傷。我為了負起責任而拜託冒險者公會……可是，因為魔物出現，沒有人願意前往金字塔。

我是連一隻魔物都打不贏的弱小孩子，只能低頭拜託別人。是優奈小姐幫助了無力的我，解決所有問題。

湖水漸漸增加，明顯恢復成原來的狀態。先前的玩水禁令已經解除，現在可以看到孩子們在湖邊開心玩耍的模樣。一想到這些孩子的笑容也是優奈小姐守住的，我就能體會到優奈小姐究竟做了多麼偉大的事。

走在街上就會發現，原本一臉不安的居民全都露出了笑容。

應該沒有人會認為，替他們找回笑容的是一個打扮成熊的女生吧。

優奈小姐是個打扮成熊的神奇女生。從外表根本無法想像她竟然那麼強，但她不會誇耀自己的力量，是個很善良的人。

一想到初次見面的事，我就很後悔自己講了非常失禮的話。

因為她打扮成熊的樣子，我還以為她是個不正經的人。應該沒有人第一次見到優奈小姐就覺得她是一位優秀的冒險者吧？

可是，她並沒有因為我的態度而生氣，還對我很親切。

我抱住優奈小姐送給我的熊熊布偶。黑熊布偶是熊緩，白熊布偶是熊急。

我想起熊緩和熊急保護我的事。特別是熊急，牠一直陪在我身邊，讓我很安心。

我對熊的了解只有在書上讀到的知識。書上寫說熊是很凶暴的生物，或許寫錯了吧。優奈小姐的熊熊非常可愛，會載著我行走，還會跟我一起睡覺，看起來一點也不像凶暴的生物。

我正在房裡想著優奈小姐的事時，一陣敲門聲傳來，父親大人走進了房間。

「妳還好嗎？」

「呃，為什麼這麼問呢？我跟父親大人不同，並沒有受傷呀。」

父親大人為了救回掉進洞裡的我，手臂受了傷。

「我聽拉瑟說，自從優奈小姐回去後，妳好像很寂寞。」

我似乎讓拉瑟擔心了。

「我的確有點寂寞，但還不到父親大人需要擔心的地步。」

而且，優奈小姐在這座城市買了房子，說她還會再來拜訪。我想她應該沒辦法常常來，但一定會來的。

「也對，下次優奈小姐來的時候，妳就帶她去她拯救的城市裡逛逛吧。」

我受到優奈小姐許多幫助，卻什麼都沒有回報她。

下次優奈小姐來的時候，我想帶她去漂亮的街上逛逛。

「卡麗娜，妳過來這邊。」

「怎麼了嗎？」

被父親大人一喚，我走到他面前。父親大人突然抱住面前的我，把我高高舉起。

「父、父親大人！你的手不是受傷了嗎？」

把我抱起的父親大人面帶笑容，並沒有露出痛苦的神情。

「我的傷已經好了。」

「為什麼？先前明明還那麼痛。」

為了救回掉進洞裡的我，父親大人的手受傷了。

「我不能說出詳細情形，但這也是多虧了優奈小姐。」

說完，父親大人把我舉得更高了。

「多虧優奈小姐？」

「所以，妳不必再擔心我的傷。水晶板已經找回來，湖水也恢復原狀。妳什麼都不必擔心，現在沒有什麼東西能折磨妳了。」

「父親大人……」

「讓妳一直這麼難過，我很抱歉。」

父親大人把我放下來，對我道歉。

「父親大人不必道歉。要是我沒有得意忘形，好好帶路的話，就不會弄丟水晶板，也不會害父親大人受傷。都是我的錯。」

「那麼，今後我要請妳接下莉絲堤爾的工作，妳要注意喔。」

「好的。」

優奈小姐也治好了父親大人的傷呢。

她總是能做出驚人的事。

今天我們要去金字塔確認水的狀況。雖然目前泉水沒有停止的跡象，但魔石才剛換好，還不能安心。因此，我們決定暫時做定期的確認。這是為了在有問題出現時立即應變。考量到今後的事，父親大人似乎正在考慮購買備用的魔石。

不過，這次是因為有優奈小姐才能取得，聽說水魔石本來並不是能輕易取得的東西。如果優奈小姐沒有打倒克拉肯，我們可能也找不到水魔石。

大型的水魔石就是那麼貴重的東西。雖說是國王陛下的委託，我們還是難以回報優奈小姐讓出魔石的恩情。

雖然要去金字塔，但因為母親大人的肚子裡有小寶寶，所以這次仍是由我代替母親大人，跟父親大人一起去金字塔。

我和父親大人騎著拉格魯特前往金字塔。

我以前都沒有留意，其實拉格魯特的觸感比熊緩和熊急粗糙多了。我從小就會騎拉格魯特，所以並沒有特別討厭拉格魯特。可是，騎過熊緩和熊急之後，我就會忍不住把兩者拿來比較。熊緩和熊急毛茸茸的，摸起來很舒服。

希望以後還有機會騎熊緩和熊急。

拉格魯特朝金字塔奔跑。附近一隻魔物也沒有。

據父親大人所說，城市和金字塔之間的地底下流著來自水魔石的水。聽說這些水具有驅除魔物的作用。父親大人說，之前可能是因為水魔石的水減少，才會使魔物聚集過來。

因為這些都是寫在古書裡的事，我們也不知道實際理由。不過，以前明明沒有魔物，水魔石碎掉之後卻有魔物陸續聚集過來。所以，我覺得父親大人的推測應該是正確的。

而且，也要感謝優奈小姐打倒了沙漠蠕蟲。

我和父親大人走進金字塔，來到迷宮的入口。

「卡麗娜，妳要注意喔。」

「是，我知道。我不會再犯同樣的錯了。」

我握緊優奈小姐找回的水晶板，免得弄丟。而且每次遇到岔路，我都會仔細確認。

「走這邊。」

我不能重蹈覆轍。

「呵呵。」

看著認真確認地圖的我，父親大人笑了。

「為什麼要笑呢？」

「我只是很高興女兒長大了。人會從錯誤中學習，重蹈覆轍不是好事。所以，我很高興女兒能了解自己犯了什麼錯，而且懂得改正。」

「這是優奈小姐賭上性命找回來的東西。我不能犯下同樣的錯誤。」

聽到我這麼說，父親大人高興地把手放到我的頭上。

「既然如此，就拜託妳好好帶路了。」

「是！」

我握緊水晶板，帶著父親大人向前走。

我再也不會犯下同樣的錯誤了。

# 後記

我是くまなの。感謝您拿起《熊熊勇闖異世界》第十三集。

時光飛逝，《熊熊》包括漫畫版在內，這已經是第十七本書（註：此為日本出書狀況）。

在這一集，優奈抵達沙漠之城迪賽特，在那裡遇見了因自己的過錯而陷入低潮的少女——卡麗娜。

卡麗娜因為自己的疏忽而弄丟重要的物品，內心瀕臨崩潰。為了拯救卡麗娜的心，優奈決定伸出援手。

優奈也遇到了好久不見的傑德先生與他的隊友，以及走到哪都逃不過血腥惡熊的冒險者。

在新發表章節，我撰寫了卡麗娜在優奈抵達之前與離開之後發生的故事。

然後，在接下來的第十四集，優奈會和菲娜與諾雅，以及孤兒院的孩子們一起去海邊玩。敬請期待優奈的嶄新故事。

最後我要感謝在出版過程中盡心盡力的各位同仁。

感謝０２９老師總是替這部作品繪製漂亮的插畫。

感謝編輯總是包容我的錯誤。另外還有參與《熊熊勇闖異世界》第十三集出版過程的諸多人士，感謝你們的幫助。

感謝閱讀本書至此的各位讀者。

那麼，衷心期待能在第十四集再次相見。

二〇一九年八月吉日　くまなの

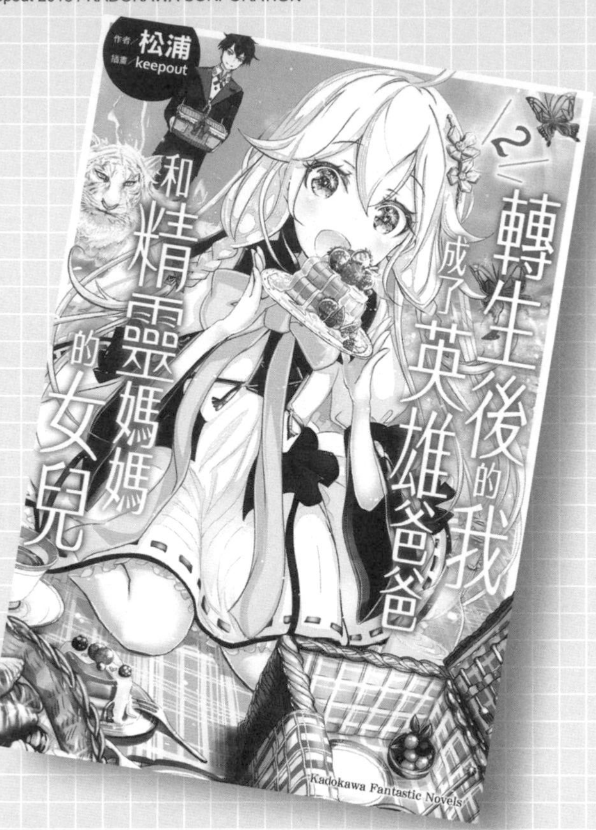

## 轉生後的我成了英雄爸爸和精靈媽媽的女兒 1~2 待續

作者：松浦　插畫：keepout

### 艾倫做出「藥」治好大家的病，<br>卻引發了大混亂!?

轉生成元素精靈的艾倫跟爸爸一起幫忙叔叔經營領地的同時，做出了這個世界的第一種「藥」，沒想到卻因此發生跨領地的大混亂！似乎有人看上了藥，想要對她不利，而就在艾倫剛有了自己的護衛時，堂姊妹拉菲莉亞卻被抓走了！

各 **NT$200/HK$67**

**汪汪物語**～我說要當富家犬，沒說要當魔狼王啦！～ 1~3 待續

作者：犬魔人　插畫：こちも

**步步逼近的喪屍身上散發出魔王軍的氣息——？**
**今天也鬧哄哄的「芬里爾」轉生奇幻故事，第三彈！**

洛塔如願以償轉世成為富家犬，一封宣告要劫走宅邸寶物的預告信，卻忽然闖入牠悠閒自在的寵物生活！然而，闖進來的卻是可愛的精靈三姊妹，她們背後似乎有什麼苦衷？最近田裡也出現了蔬菜小偷，意外地輕易抓到了犯人……其真面目竟然是骸骨馬！

各 **NT$200~220/HK$67~73**

關於我轉生變成史萊姆這檔事 13.5
Regarding Reincarnated to Slime
官方資料設定集
編輯／GCノベルズ編輯部
Kadokawa Fantastic Novels

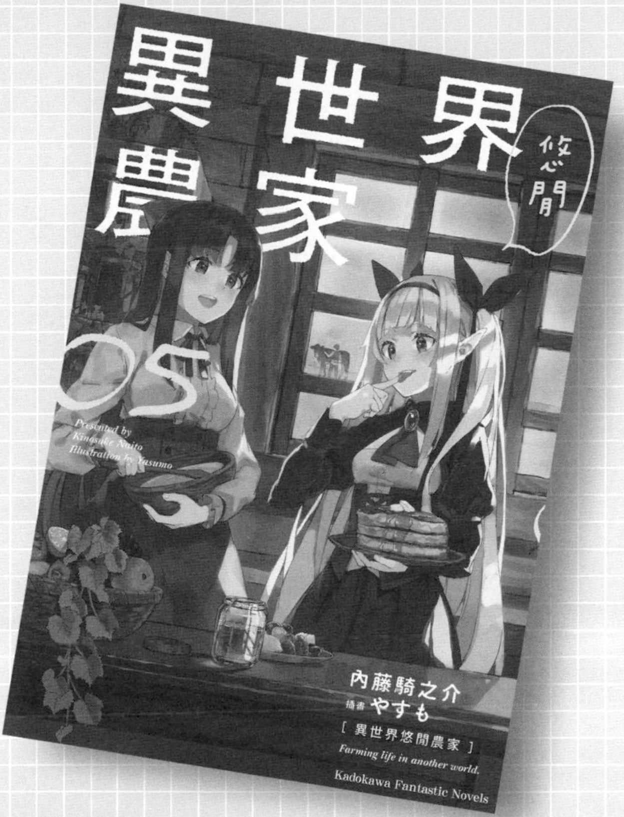

# 異世界悠閒農家 1~5 待續

作者：內藤騎之介　插畫：やすも

**天空之城突然對大樹村宣戰！**
**火樂與大樹村發生重大危機！**

大樹村上空突然出現一座飛天城堡——「太陽城」，一名背上帶有蝙蝠翅膀的男子占領村子，並向火樂等人宣戰。火樂一如往常使用「萬能農具」解決了危機；然而，真正的危機現在才要開始！為了壓制「太陽城」，大樹村召集精銳，開始發動總攻擊！

各 **NT$280~300/HK$90~100**

國家圖書館出版品預行編目資料

熊熊勇闖異世界/くまなの作；王怡山譯. -- 初版
. -- 臺北市：臺灣角川股份有限公司, 2021.03
　面；　公分. -- (Kadokawa fantastic novels)
譯自：くま クマ 熊 ベアー
ISBN 978-986-524-275-6(第13冊：平裝)

861.57　　　　　　　　110000937

Kadokawa
Fantastic
Novels

# 熊熊勇闖異世界 13

（原著名：くま クマ 熊 ベアー 13）

2021年3月10日　初版第1刷發行
2022年3月18日　初版第2刷發行

作　　者：くまなの
插　　畫：029
譯　　者：王怡山

發 行 人：岩崎剛人
總 編 輯：蔡佩芬
編　　輯：邱璦萱
美術設計：黃永漢
印　　務：李明修（主任）、張加恩（主任）、張凱棋

發 行 所：台灣角川股份有限公司
地　　址：104台北市中山區松江路223號3樓
電　　話：（02）2515-3000
傳　　真：（02）2515-0033
網　　址：www.kadokawa.com.tw
劃撥帳戶：台灣角川股份有限公司
劃撥帳號：19487412
法律顧問：有澤法律事務所
製　　版：尚騰印刷事業有限公司
ＩＳＢＮ：978-986-524-275-6